卒寿のつぶやき

樋口 美世

砂子屋書房

口美世先
会大

卒寿のつぶやき　＊目次

装本・倉本　修

卒寿のつぶやき

菊地嘉衛門家の崩壊

筑波山は、日本一を誇る西の名山である富士山に次ぐ美しい山容として、人々に崇められ古歌にも多く詠まれてきた。

その筑波山を一年中眺められる資産家の当主が、ある日悪性の重病にかかり、死が近いことを医師に告げられ、家人らは周章狼狽した。

まだ若い当主は、長男を枕辺に近づけ「秀才の君は、使用人や家族や近隣の人たちに尊敬される〝菊地嘉衛門家〟の立派な第一号となり、ご先祖様からいただいた膨大な資産を確実に守り、「菊地嘉衛門」の一代目を名乗って二代、三代、四代と長く続く名家として繁栄を守ってほしい」と手をしっかりと握り、涙ながらに遺言を残し、一週間後に逝去した。

家族達は、大きな衝撃に呆然とし、しばらく枕辺に寄り合い泪したが、気丈な妻は皆をよび「嘆いているだけでは仕方がない、さあ皆で力を合わせ冥福を祈って、今後は、しっかり家族らが協力を惜しまず、家門のますますの繁栄をはかりましょう」と言った。

歳月の流れは早く、十五代目までは豊かな資産を保ち通したが、十六代目に移ると誰にも信じがたい大きな禍事が生じ「嘉衛門家」はみるみるうちにガラガラと音をたてて崩壊した。それは並外れた救いようのない凶事で、他家に及ぼす悪行ではなく、十六代目の当主が存在するゆえの罪だった。

十六代目の長男は、先代の人々とは全く異なり、豊かな財産はすべて自分自身の持ち物であり、本人の思うがままに使うのは勝手だとうそぶき、大酒飲みで、農業や他の仕事も嫌った。また、早起きは身体に毒などとゆっくり起きだし、食後は庭を一周りし、外出着に着替え、ひとこととの挨拶もなくふらりとどこかに出かけたまま深夜まで帰宅せず、結婚してわずか二か月後に妻を離縁してしまった。

親族や、以前より親しく交際していた知人が心配して、優しく美しい女性を二人目の妻として紹介し、結婚したので周囲の人たちも安堵したが、夫妻は同居する気配もまったくなく、妻は冷たい夫に嫌気が差し、わずか三ヶ月で実家に戻ってしまった。周囲の家族や使用人たちは、あまりにも非常識な十六代目の生き方に反発して、呆れ返って近寄る女中もまったくなくなった。

そして、十六代目は何の責任も果たさないまま、家の財産をいつの間にか密かに持ち出して、再び帰郷することもなく姿をくらました。

真面目で優しい次男である私の父は、兄があれほどの財産をどこに持ち去ったのか、よくよく家中を探してみたが、残された金銭は全くゼロであり、借金の証文の束や小銭などがわずかに散らばっているだけであった。父は取り返しのつかない兄の悪事を憎んだ。

周りの人達は、これは立派な犯罪であり、警察や役所に届けて調査していただかねばと大騒ぎした。

この騒ぎの中から抜け出した父は、「皆様の気持ちはよく承知していますが、私に十分程の時間を下さい。兄を罪人にだけはしたくないので、なんとか解決の方法を考えてみます」と言い、隣の部屋に入ってしまった。

私は幼児の頃覚えた次の歌を今でも忘れない。

小原庄助さん　なんで身生潰した
朝寝朝酒朝湯大好きで
それで身生潰した
あーあ、あーあ、もっともだ　もっともだ

大人たちが歌うのを聞き、すっかり覚えてしまったので、大人になってから、あの歌は十六代目の生き方とそっくりだなと思った。

じつはこの十六代目は、私が大好きだった祖母の長男だったと後に知り、今でも口惜しさを忘れてはいない。

そして菊地家の全財産を持ち去った兄の尻拭いに駆けまわった父は、兄の大罪の後始末に奔走し続けた。それは、とても難渋な仕事ではあったが、心優しく温厚な父の人柄に同情する近隣の住民たちや使用人らの慰めの言葉に勇気が湧き、半ば諦めかけていたが、気強くもあらたな勇気を出し、一日も欠かさず村中の一軒一軒を訪れ、走り回った。父は兄に似ず優しく几帳面な男だったので、ひとびとは何とか早く騒ぎが収まるようにと願った。

兄弟の母親の千代は、当時の女の子としては珍しく、男の子らの中に混じって寺子屋で学んだ現在でいうインテリであったが、息子である当主に口を挟むこともなく、当主は菊地家の財産の一切合財を持ち出して、東京へと出奔してしまい、菊地嘉衛門の系譜はどうやらここで絶えることになってしまった。

あとに残されたあまりにも気立てのいい父は、「兄の無様な許しがたい行動により、皆様にご心配をおかけしましたが、罪人だけにはしたくないので十六代目の罪は罪として弟の私が全部後始末をしますので、警察や役所には届けないでください。どんな苦労してでも兄の残した借金や諸々の罪の尻拭いは私がして、良い解決を果たしますのでどうか私にお任せください」と畳の上にひれ伏して頼んだ。

周囲の人たちはこの真面目で純真な申し出に涙ぐみつつ「その言葉の通りにお任せし

ましょう」と諦めきれない切なさを胸に、しかたなく承知して家路に戻った。

これらのことは、のちに私の姉からの十数通の手紙により知ることとなった。そして、「菊地家」は十七代目で終わった。資産家は、ガタガタと崩壊し貧乏のどん底に落ち込んでしまったのだった。当時の私はまだこの世に生まれていなかったので、何も知らなかったのである。

父の自転車店開業

父は、若い頃憧憬していた競輪選手になる夢を、自転車会社の本社の社長に伝えたが、とても無理だと一笑に付され、自転車製造の修業をすすめられ、握手をして決定した。

翌日から彼は現場に行き、熱心に先輩の教えに耳を傾け、一日も休まず仕事に励んだ。彼の研究心は先輩たちも驚くほどで、ぐんぐんと確かな腕前を発揮し、上司の目にとまり、「社長にみてもらいなさい」と肩を叩かれた。

多忙な社長であったが、その時間にちょうど在社していて、現場に出向き「どれどれ拝見しましょう」としばらく眺めながら「よくできたな」と詳しく点検し、「大成功だ、もう立派な一人前の腕前になった」と誉めてくれた。「君は一日も休まず三年間コツコツ努力したおかげで、一人前になれたのだよ」との言葉に、生まれて初めての大きな喜びと感謝の思いで胸がいっぱいになり、ぽろりと一つぶの涙をこぼし、深々と頭を下げ、御礼の言葉を述べた。

傍にいた他の社員らも大きな拍手で喜んでくれ、かくて父は立派な成果を収めた。その後社長は、「君のめでたい門出に」と一席を設け、ささやかな祝宴を催してくれた。

翌朝早起きし、荷物を詰めて帰る支度をしていた父は、「社長が君の門出にと考えていた【ノーリツ自転車支店】と書いてある看板と、君の制作した三台の新車を直に送るから二、三日待ちなさい」と言われ、見送られて帰京した。その言葉通り、三日後に荷物が届いた。

父は早速荷をほどき、店の天井に一台をつるし、他のピカピカの自転車も通行人らの目の届くように店内の広い空間に並べた。

村人たちは、この村にたった一軒の自転車販売店が開店し、看板や天井から吊られたり、店の広い空間に並べられたりした自転車を見、また噂し合ったので、三三五五と見物人がやってきた。

そして興奮した客たちは、父に向かって一番先に運転の模範を見せてほしいと依頼し

た。父は「はい、まず一番先に私が運転の模範を示します。しっかり見ていてくださ
い。」と言って、天井から下ろした一台に乗り、店からまっすぐ続いている石ころ道の県
道を走り始めた。

父は「では走って戻ります」と声を掛け、ゆっくりスタートし、しだいにスピードを
増し、県道を一周して見物人たちの前にピタリと停車した。見物人らは新車の周りを取
り囲み、大きな拍手で「ああ素晴らしい」と絶賛し、乗り方も簡単で心地よさそうなの
で、値段がいくらか分かったらすぐにでも購入したいと考えた。

そして、値段を聞いた村人たちは、そのぐらいだったら自分にも買えると考え、早速
購入の申し込みをする人が幾人も現れた。その後も噂が噂を呼び、つぎつぎと予約する
人たちが現れた。

かくて村人たちは、隣町の用事をしに行くにも一里の道を徒歩で行かねばならない苦
労を、この自転車がなくしてくれる、というありがたさを感じた。

店内がやや狭かったので、のちに店の南側の八畳間を壊して広げ、その広さがいっそ

う客を呼び、繁盛し続けた。その後ひとびとは自転車の利便性に惹かれ、農家の人たちはいっそう働く意欲を募らせ、店内は常に客の出入りが激しくなった。

さらに昭和二年には、NHKラジオ放送が開始され、新し物好きな母親は、村でも一番早くラジオを購入したので、ますます客たちが店に集まり、お茶を振る舞い、まだ喫茶店などがない商店街を賑やかにさせた。


その頃の父は、自転車を停めて母親の入れてくれる日本茶を飲んで一休みして帰るという毎日を過ごしていた。母親は、うれしそうに周囲の話題に溶けこみ、柔らかな味わいのお茶を振る舞った。

かくして自転車の売れ行きはますます多くなり、一日一、二回通るバスなどに乗る人は、老人や子供たちとその母親のみで、合格発表のあとなどは中学生や女学校などに通う人たちの注文でいっぱいになった。

父は開業して良かったと大喜びで、本社から送られてくる車体の組み立てに日々追われていた。

開店以来、店の自転車の売れ行きはますます盛んになり、月にいちどは本社の外交員が、背広にネクタイを結んだ姿で訪問し、売り上げの総額などを調べて満足し、持参した土産を置いていった。

ある時、立派に開店した父に結婚話が持ち上がり、仲人を商売にするベテランの中年女性が来て、父に縁談をすすめた。そのお相手は、明治末頃の法の定まらなかった政府が、まだまだ少数の弁護士の代わりに、各地方に散在している学識の豊かな知識人に資格を与え、近隣の町や村に諍い事が起きると仲介を依頼され事件を巧みに解決したり、家庭内のゴタゴタなどの後始末などに多忙な日常を送っている人の娘で、なかなか良い縁談ではないかと両家の同意を得てお見合いもなしに直ちに結婚が決定した。

婚家は鬼怒川の流れを挟んで、七里程先の村に建っていたが、とんとん拍子に結婚式の日取りが定まり、式を挙げて両家は最も近い親戚となった。

それは父の自転車店が落ち着いた頃で、夫婦は仲むつまじく、一年後には長女（私の姉）が誕生し、菊地家は資産家時代よりさらに豊かな存在感を村人たちの前に披露することになった。

父は長女の誕生を心から喜び、毎日おんぶをしたり抱きしめたり頬ずりをしたり、まるで舐めるようにかわいがり、店のほうは妻にまかせきりにしていたと当の本人である九十七歳になる姉が話してくれた。姉は心優しい父の愛情の温かさを今でも思い出し、懐かしんでいた。

この一文を書くにあたり、私は九十七歳の姉に私の知らなかった過去の様子を是非とも教えて欲しいと無理に依頼し、十数通の美筆の手紙を「これが最後よ。」と返事をもらった。

姉は若い頃、小学校の教師を務め、同僚の先輩と恋愛結婚をして、二児の男の子を産んでから退職した。三十五年間、大好きなお能と謡と鼓の稽古を誰にも負けずに勉強し、国立能楽堂でお能も二回も披露し、謡二百冊と鼓を持っているが、今では声も出なくなり、腕も弱くなり鼓を打つことも無理で、いつもビデオを繰り返し観て楽しんでいると言っていた。

死んでも墓場に持って行きたいぐらいお能は好きだし、謡の声も好きだし、謡の声も鼓のかけ声も、先生からいつも褒められていた。その先生も六十七歳で他界され、私は葬儀に参列したが、十数年も前のことで、息子さんが後を継がれていた。

姉からは、「お互いに生きているうちは、なんらか心を癒すことをやっていきたいので、ボケないようにあなたのように書く事は難しいが、何でも良いから自己を失わない覚悟で百歳までも生きる努力をし、姉妹共に生きてまいりましょう」という便りが届いてから、電話も便りも絶えたきりになってしまった。


話を戻すが、その後の父の自転車店は売り上げが増え、ことに村の小学校を卒業し、町の男子中学や実科の女学校などに通学する生徒たちも自転車通学になり、ますます希望者が新車を購入するようになり、注文に応じ難いほど繁盛した。

ある日、川向こうの少年がやってきて、「見習いにして下さい」と頼まれ、これ幸いと約束し四、五日働いたが、早朝に自己の荷物を持って帰ってしまった。父は三年修業を重ねてやっと一人前に開業できたわが身を思い出し、今後は身体の弱い長男（私の兄）に店を継がせようと決心し、相談した。

長男は高等科卒業の後、家にいて父の仕事の大切さを感じていたので、見習い仕事をはじめたいと告げた。父は長男の身体を気遣いながら、僅かずつ仕事を覚えさせ、後を継がせるならこんな幸せはないと喜び、連日自己の修業時代の困難さを乗り越えられるように、優しくじっくりと組み立て作業の段取りなどを教え続けた。長男は思ったほど難しくはないと興味が湧き、元気よく仕事に励むようになり、父のいちばん愛する弟子となり、店はますます繁盛した。

長男は三歳の頃「脳脊髄膜炎」と診断されてから、それまで賢かった子がなんとなく元気を失い、小学一年生の入学も嫌がり、まったく本も読めない子になってしまった。姉や妹たちは成績もトップ級なので両親は心配したが、六年生になり中学受験を勧めた父母に絶対試験は嫌だと反抗し、親や姉妹たちは入試を諦めて高等科二年で卒業し、就職も断り続けていた。妹や弟たちも学校が好きで勉強も熱心に学んでいる姿を見ると、父母は長男の行く末を案じて医師に相談したが、この病気は私たちの力ではどうにもできないと診断された。

また、高等科の教師や小学校の先生方が、授業が終わり午後は暇になり、店にやってきてラジオから流れる野球の放送などを聞きに来られるので、その際にも息子の件を相談したが、いい結果が出なかった。

戦争はますます激化して、やがて長男にも赤紙の入隊通知が来て、彼は馬に乗り、皆に見送られ出征したが、十日ほどで検査不合格を命じられ帰還してしまった。妹や家族らは皆ほっとした。

祖母と私

母よりも大好きだった父方の祖母は、資産家の菊地家の十六代目の実母だった。誕生してから一年目のお祝いに、お餅を背負って立ち上がったとして周囲の人たちから可愛がられ、大事に育てられた。幼児の頃から机の上の硯や墨や算盤などに興味があり、他の幼児の玩具等には何の興味も示さず、大人の真似をして硯に水を注ぎ、墨をすり、筆を持って何かを画く姿が大人達を驚かせた。

周囲の人達は、この子は並の子供とは違う何かの才能を神から授かって誕生したらしいから、天才を活かして寺子屋に学ばせようと意見が一致した。祖母は、望んでいたことだったので、嬉しいと大はしゃぎで、早速名のある寺子屋を探して男児のみの学ぶ中で只一人の女子として入門を許され大喜びだった。

男児の中の唯一の女児は、入舎以来めきめき天性の才能を発揮し、みるみるうちに主席を獲得した。過去に全く例のない彼女の才能のひらめきは、近隣の人々の噂にも上ったが、彼女は人の噂も七十五日と達観し、一途に勉学に歳月を費やした。

結婚して四児を産み、長女と次女は他村に嫁ぎ平穏に暮らしていたが、二人は急病でこの世を去り、残された長男と次男が家を継ぐことになり、長男が十六代目の嘉衛門を名乗ることに決定した。こののち、菊地嘉衛門家という大農の資産家はガタガタと崩壊してしまうことになる。

天性の賢い母の血を継いだにもかかわらず、長男は農業が大嫌いで、大酒のみの怠け者で、あれよあれよという間に借金まみれの貧乏のどん底に落ちた。十六代目は上京し、行方不明になり、真面目な弟が後始末に追われ、十七代目で終止符を打ち、唯一人の母を残して上京してしまった。

豪家の家屋敷も森林も田畑も人手に渡り、祖母は唯一残った梨畑のつつましい二間を隠居所にして移り住んだ。口惜しさとも無情とも悲しさともつかない祖母について書くと、豊かな才能に恵まれた上に寺子屋で熱心に努力を積み重ねた祖母は、変体仮名の教本や般若心経や御詠歌など、学問以外には何の欲もなく後輩らを熱心に指導し、次々に社会に巣立っていった教え子たちも多く、師の教えをしっかり受けて、変体仮名の教本などを作り、農婦らの教養を高める宝物として次々に注文が増え、多忙になった。

そんな私の大好きな祖母が、十六代目を継ぎながら遁走した長男と私たちの父の母親であったと姉から送られてきた資料で知り、祖母は大悪人の十六代目の母だったのだと、どうしても納得しがたい口惜しさに、泪がボロボロとこぼれた。

梨畑の他にたった一軒残った屋敷の片隅の隠居所に、よく祖母の従姉妹の肥糧屋の奥様が来ていた。祖母と大の仲良しだったので、十六代目の仕打ちを許せないと語り合ったが、祖母は、「私が悪かった。女の身でありながら学問が大好きで、唯一人の女の身で大勢の男児と寺子屋に学びたくさんの学問を身につけたが、子供達の教育を怠ってしまった。今になり後悔しても遅い」と、自分を責めたが、従姉妹に「あなたは己を信じる心を持って生きていけば良いのよ」と慰められた。

そのころ私は幼女だったが、大好きな祖母の梨畑の隠居所に、姉に夕食後に送ってもらい、毎晩二人で一つの布団に入り、昔の民話を聞いたりして深い眠りに入って行った。

梨畑には、栗の木が五、六本あり、秋の収穫の頃は大人の真似をして上手に栗のいがを剝いたのも嬉しかった。

祖母は、年一度廻ってくる旅役者のふれ太鼓のトラックが通ると「今晩ゆこう」と私を誘い、敷物やゆで栗などを持参して桃畑と言う広場に早めに行き、席を取り開演を待った。私は祖母の膝の上に座って夜空の星の名を聞くと祖母は、あの星は北斗七星、この星は何々と教えてくれた。

芝居が始まると、私はつまらないのでいつしか祖母の膝の上に頭を乗せ、星空を眺め専ら眠っていた。

終演になりお客様がぞろぞろ帰って行く列に従って、祖母と実家の前を通り過ぎ、梨畑の家に帰って二人で暖かいかいまきに包まれ眠った。祖母は、元治元年生まれ。元治ではないと有名な作家がいつもゲンジと云っていたのは間違いだと言っていた。

祖母と私は家族の誰よりも仲良しで、折り紙や紙人形作りや昔の怖い民話や楽しい民話を聴かせてくれて、誰よりも好きだった。

ある日祖母は、馬鹿な男に追いかけられて転び、梨畑を引き払って、我が家の奥の室に寝たきりになった。

祖母は好物の梨をすりおろして食べる他は食欲がなく、次第に痩せ細り、亡くなってしまった。私は氷のように冷たい祖母の優しかった顔をいつまでもいつまでもなでながら、〝死んじゃ嫌だ嫌だ〟と大声で泣きわめき、家族らとともに心の底から冥福を祈った。

私は白髪でか細くなった死に顔の前のゴザに座ってだれよりも泣き続けていた。

私もそう遠くないうちに夜空に煌めく星となるだろう。そのときは、祖母に昔話を聴かせて欲しい。資産家菊地嘉衛門十五代目の最愛のインテリゲンツィアとして、懐かしく誇らしい。

母の実家

南から北へまっすぐに通る県道を挟んだ尋常小学校の桜の蕾が膨らみ始めた三月中旬頃、三歳になった私を父母と姉が抱き起こしてくれ、「ミヨ子、これからおさき（茨城県の村）の優しいおばあちゃんや三年生の留子姉ちゃん（母の妹）の家に父の自転車で連れて行ってやるから支度をしなさい」と言われた。

縫いかえした綿入れの着物と羽織を着て、赤い足袋を履き、赤い鼻緒のジョンジョもしっかりはいて「父の自転車の後の座布団に腰掛けてしっかり父の腰に手を廻していくのよ」と母と姉に言われ、何がなんだか分からない気持ちで二人の言う通り荷台にまたがり、父の腰に両手を廻した。

ふふふよくできたねと二人に頭を撫でられ、「向こうの家に着いたら、こんにちはとあいさつしなさい」と優しく言われ、父が「では行ってくるよ」と答えて出発した。

家の前の県道を少し走り、十字路を左に曲がってまっすぐに走った。私は自転車に乗るのも初めて、広い県道を曲がった小径も初めてで、でこぼこの石ころ径を走るのは、やや怖くも楽しくもあった。

三歳の女の子の、生まれて初めての小さな旅は、あっという間に終わり、鬼怒川の船着き場に着いた。四、五人の客が屋根のついた待合所にいたが、船出の刻が来て、私たち親子も他の客らと一緒に乗船した。父の車の荷台に乗せられたままの私も、向こう岸に向かって漕ぐ船頭の巧みな手さばきを眺めつつ、ゆったりと流れゆく波の美しい朝の川の輝きに見とれていた。

まもなく船は向こう岸の船着き場に到着し、乗客はつぎつぎに挨拶を交わし合い、もっぱら田畑のひらけた小径を去っていった。父は私を後ろに乗せたまま自転車で来た時と同じように小石の多い畑径をゆっくり避けながら知らない径を走り続けた。だいぶ乗り慣れた私は、右をみたり左をみたりしたが、ほとんど山林や田畑が広がっているだけで人影は全く見えず、たまに見えるのは、小さな農家が二、三軒あるのみだった。

さらに進んでいくと、父が「もうすぐおさきの家に着くから我慢しなさい」と慰めてくれ、なお走り続けて森林の道を抜けた田園の先に、一軒家の茶店らしい家が見え、緩やかな坂道を登りかかったところに建つ祖母と留ちゃんの家の門の前で、父はピタリと自転車を止めた。「ここがおじいちゃんおばあちゃんと留姉ちゃんの家だよ」と言って私を自転車から降ろした。

父と私の到着をだいぶ待っていたらしい若々しい祖母と留ちゃんは、「やっとついたよ」と大声で叫びつつ、門先に自転車を止めた父と私のそばに駆け寄り、嬉しそうに手をとり、道路よりわずかに高い場所に立つ家の中に案内してくれた。

私は二人とも初めて会ったのに、毎日一緒に暮らしているような不思議に懐かしい気分がして、赤い鼻緒の草履を履き、しっかりと庭の土を踏みしめながら玄関口に立った。

二人は「さぁさぁ、疲れたでしょうから早く座敷に上がって、お茶を飲みながら蒸したばかりの美味しいサツマイモを食べて元気になりなさい」と言ってくれた。

次の部屋は八畳間で、床の間を背に大きな火鉢の前にでんと座った大男の祖父が、火のついたキセル煙草をふかし私に「小さいのによく来たな」と声をかけてねぎらってくれた。

その後一服した父は、何やら祖父と話があるらしく二人で三十分くらい話している様子だった。私は三年生になった留子おばさんの後に付いて、広い庭の畑に植えてある色々な果物や野菜などを珍しく見て回り、この地方の特産物のかんぴょうなども初めて見せてもらった。

二人が広い庭を一回りしていた間に父は、お土産のかんぴょうらしい包みを持ちさっと立ち上がり、自転車を素早く漕ぎ始め、あっと言う間もなく門を出て走り出し、朝来た道を目指し帰ってしまった。

私はその姿を見て、足元に転がっている小石を拾い父の背に投げつけ「私も帰るよー」と大声で泣きわめいたが、父の自転車は早くも坂下の田園の向こうの森の彼方に消えてしまった。働きもので心優しい父が、幼女を妻の実家に預かってもらうわけを、幼い私は知る由も無かったが、母は次の子を身ごもっていたので、仕方なく私を実家に預かってもらったのである。

その後、祖母と留ちゃんに優しくおかっぱ頭をなでてもらい、慰められ家に入った。

しくしくとしばらく泣いていたが、旅の疲れも出たのか、祖母の膝に頭を乗せウトウトと眠りこけ、二人はやっと安堵した。やがて夜が来て食事が済むと留ちゃんは、「今日は疲れたから早く寝ようね」と一つ布団の中に私を寝かせ眠らせようとしたが、私は父を思い出し、シクシク泣きながらなかなか眠れなかったが、留ちゃんに「ミヨちゃんそんなに泣いていると森の暗い洞窟の中に住み着いている鳥が〈ゴヘイデレスケデンベイ……〉と鳴きながら暗い空を飛び回って来るから早く眠りなさいね」と言われ、胸にかじりついて眠ってしまった。

その鳴き声の主は、「灰白色の頭をしていて、目も大きくミミズクに似ているが、ミミズクほどに毛が立っていないところが違うだけで暗闇の夜空を飛び回っているのよ」と留ちゃんから聞かされた。父に置いて行かれてから、わずかずつではあったが、祖母や留ちゃんの優しさが嬉しくなった。

祖父は、現代の弁護士にも劣らない法律に詳しい知識人で、明治末の国の法が未だ確立しない頃、少数の弁護士では裁ききれない事件などを巧みに収め、近隣の町村民のさまざまな揉め事などを解決してあげる立派な人格者であった。

若い頃に寺子屋などで多大な勉学に励んだ結果であろう。毎日早朝から深夜まで、帰宅もままならなくなり、家族らは心配していた。当人は大酒呑みでもあり、妻である祖母の心労は極度に深まった。もちろん仕事の結果、手にする収入の額は予想を大きく上回り、家計は豊かになったが、祖母は祖父の帰宅の遅すぎる事を憂い、ある夜半、近くの茶屋に留ちゃんを迎えにやったら、店内の女が紙に包んだお菓子を渡し、「お父さんはすぐに戻るから心配しないようにお母さんに伝えて」と優しげに言い、引っ込んでしまった。

留ちゃんは、仕方なしに帰宅し、母に一部始終を打ち明け、母と子は我慢して床に就いた。そのような日々を過ごしている優しい祖母の心情をなんとなく感じた農家の人たちは、「奥様も苦労しますね」などと収穫した新米やらたくさんの野菜などを持参して慰めてくれた。

祖母は、夫の帰宅の遅さや大酒呑みのほかには何不自由なく畜財に励み、平穏な歳月が過ぎていった。私はほとんど一日中祖母についてまわり、お茶製造兼販売の店などを経営している会社の社長で、祖父の次女の嫁いでいる一里先のお宅に行き、生後間もないその家の赤ん坊をあやしたりして、楽しむ日もあり幸せだった。夜空にきらめく星の数など仰いだり、満月の夜などは天国という無限大の幻想的な雰囲気を思い浮かべ、なんとなく目に涙が湧いてきたこともあった。

留ちゃんの六年生の一学期の運動会の日、校庭の隅に出店が出てレコードの唄が披露された。

見世物小屋の小父さんは
ショッパイ声を張り上げて
どんど落としたからくりは
お籠でお伴でホイのホイのホイ

私はすっかり覚え、祖母と留ちゃんに歌ってきかせたら「ミヨちゃんは頭が良い子」と二人で褒めてくれたことをいまも忘れてはいない。

やがて正月も過ぎて三学期になり、卒業生の何人かが女学校の試験を受けることになり、優等生の留ちゃんも当然受験すると思われていたが、近くに住む姉と相談し裁縫所に入ってじっくり勉強し将来は上京してプロになりたいと答えた。

そのうち私の母のお腹がだいぶ大きくなり、二月になって子が誕生した。

ある日、森の方から母と姉がたずねて来て、田舎独特のふんわりとしたねんねこ半纏でおんぶされた愛らしい赤ん坊を見せてくれた。

祖母と留ちゃんと私は、眠っているかわいい小さな赤ちゃんを覗きながら家に入ると、にわかに家の中が華やかになり私は嬉しさといっぱいの悲しさで胸の中がキュンとなった。

だが多忙な祖父は、帰宅も遅く久しぶりの愉しい再会も諦めて私も一緒に最終のバスで帰路に向かった。私の成長を願っていた梨畑の小さな家に独居していた祖母は、私の帰宅を一番喜んでくれ、一晩実家で過ごした私を自分の家に連れて行き、私は次の日から祖母の家に泊まるよう父母から言われて、納得した。

板橋志村へ

母方の実家である染野家の唯一の長男（私の伯父）は、一里先のお茶製品を取り扱う家に嫁いだ姉の家で高等科を卒業し、しばらくの間はお茶製造を手伝い、姉に頼りにされ懸命に仕事をこなしていたが、上京し、ある会社に就職した。

兄と妹（留ちゃん）はまもなく板橋のアパートに移り、二人で力を合わせて貯蓄に励んだ。故郷の祖父が仕事で出かけ自転車から転げ落ち、寝込んだことを告げられると、兄妹は心配して休日に帰宅したが、一週間も経てば大丈夫だと祖父に言われ、安心して帰った。

しかし祖父は仕事を少し減らして再び働きはじめたが、ふたたび倒れ、近所の人々に助け起こされたものの、身動きも不可能となり、医師に診断を仰いだ結果、「中気」と言う病で寝たきりになるやもしれないと宣告され、親戚中の禍事となった。

当初寝たきりになった夫の介護に明け暮れていた祖母のもとに、長男たちから板橋の志村というところに一戸建て一千万円の新築が売り出されたので、購入し祖父母を東京に移転させ一緒に住もうとの朗報が届いた。女学校の夏休みは毎年上京していた私もちょうど居合せ、三人で見に行った。

アパートから数十分ほどのバス停で下車し、案内人の後に付いて行くと、旗が立っていて、十軒ほどの戸建てが残っているのでどうぞと勧められた。玄関の前に佇ち、中を見るように言われて、新築の家の八畳、六畳、三畳の三部屋を見せてもらった。玄関も広々としてさらに庭もかなり広く、三人はすっかり気に入り、叔母は考える間もなく購入の約束を取り付けた。

板橋区志村は、周辺に田畑もだいぶある東京の田舎だったが、電車で便利な割に意外に安価で手に入った。金額はきょうだいの貯蓄のほか、実家も全部売却すれば買える値段で、兄妹は直ちに実家や母の妹の家や私の実家に連絡して、とんとん拍子に祖父母を上京させる話が決まった。

移住の件はすぐに実行に移され、大きなトラックに家財類を詰め込み、親類他の大勢の人たちに見送られて上京を果たした。寝たきりになった中気の祖父は〝笑い上戸〟と言われる症状に取りつかれ、何事か祖母に訴えかけたいのかもしれないが、しばらくの間は笑いが止まらず可哀想だった。祖母はもう慣れっこになってしまったのか、優しく体を撫でながら、笑いのおさまるのを待っていた。夫婦は長い人生を共にしながら苦労を重ね、ここまでたどり着いた安らぎを幸せに感じ、平穏に日々を送っていた。

そのうちに、働き盛りの長男に結婚話が持ち上がり、隣家の主婦の紹介で、東北出身の働き者で気持ちの優しい女性を紹介され、間もなく結婚し、二泊の予定で熱海へ新婚旅行に行き、仲良く無事に帰宅した。家族は大所帯となったが、叔父叔母も新婚のお嫁さんの作ってくれるおいしい食事をいただき、老夫婦の看護などに精一杯尽くし、家が狭くても居心地の良い雰囲気が溢れていた。

一方妹である留ちゃんは、見事な縫製の腕前を呉服店に認められ、銀座の松屋の呉服部に紹介され仕事を引き受けることになった。呉服部の主任にも気に入られ、休日などには食事を共にしたり、いつしかお互いに愛が芽生え、結婚を誓い合う仲になった。もちろん家族らは本人同士の心情を嬉しく感じて、あっという間に結婚が決定した。

祖母は九年間寝たきりの夫の介護に一言の不平不満も吐かず、祖父の死を見送った。貞女の鏡とは祖母のような女性だと絶賛したい。

まもなく留ちゃんは結婚し、親から授かった名前を結婚相手の「新井」に合わせて「新井洋子」と改名し、私の留叔母はいなくなった。

しかし叔母は長男の「新井幸雄」を立派に育て上げ、彼は〝コンサルタント〟と呼ばれる社会的知名度の高い職について、現在も活躍している。良家の子女を娶り、長男を教育してカナダに留学させたと数年前に聞いた。

また、洋子叔母の長女は、「スチュワーデス」をしていた娘二人が共に米国人と結婚したため、現在は東京の家をひきはらいハワイに移住し、娘達家族と幸福に暮らしている。

第二次世界大戦まで私の実家に疎開していた母方の祖母も他界し、今となっては、「染野家」という母の実家は影も形もなくなってしまった。

上妻小学校一年生より上京二年生に

　桜花の咲く一九三二年四月、私は小学校に入学した。教室は職員室に近い庭にわずかに突き出た筑波山を眺められる硝子窓に面し、居心地の良い女子のみの部屋でした。終了の鐘とともに校長先生のご挨拶が終わり、教室に入ると受け持ちの先生が出席簿を持ち、教壇に立ち「皆さん入学おめでとう」といい、自分の氏名を名乗り、順番に生徒の出席を確かめ、一年生の初めての授業がなされた。

　当時は、幼稚園や託児所はなく、遠方から通学してくる一年生などは大変だった。私の家は学校に近く、入学前にも毎日校庭で遊んでいたので、珍しくもなかった。初めての授業は、読本で「ハナハトマメマスミノカサカラカサ」の片仮名からスタートした。兄姉などのいない子たちは、教科書を前にして少し戸惑ったようだったが、中年の優しい男の先生のおかげで一年生たちは読み書きを覚え、友達もできて、無事に一年生の三学期までを終えることができた。

小学校は高等科二年の教室もあり、上庭より一段低い広庭の奥にあった。小学生らとの交流はほとんどなく、校長先生の朝礼の時だけは列席していた。上庭には桜や松やほかの大木の樹があり、滑り台が一台と井戸端が二つあるのみだった。井戸端は、お掃除や飲み水に使用されていた。

一段低い広い校庭には砂場や器械体操の器具が備えてあり、近隣の子供らの愉しい遊び場になっていた。生徒らの帰宅後は、先生たちも暇らしく、次々に帰宅され、残った教師らは、唯一ラジオのある私の父が経営する自転車屋の茶の間で野球などを鑑賞していた。

放課後の校庭は、近所の幼児らや中学生の自転車の練習やらで賑わい、夕暮れに筑波山の頂上に測候所の灯がともる頃には、輝く夕陽の空に無数の赤とんぼが飛び交い、まさに童話の世界のような叙情的な美しさを見せてくれた。

さらに上庭では、大人たちに助けられて子供たちが自転車の運転を懸命に習っている姿も見受けられ、尋常高等小学校の放課後は、何物にもまさる憩いの場所となっていた。

一年生を終了したある日、店の裏の茶の間で、見知らぬ男が父と何か話をしていた。父は私を「この子が全甲で一番になった次女だ」と紹介した。男は「優秀らしい子だから、将来は女医の学校へ進学させたいので是非養女に欲しい」と言った。

父母は突然の話で納得しがたいと答えた。母は、夫が内密に兄と相談したのでは、と疑念を抱いた。

というのも、じつはこの男は父の兄で、あの「菊地嘉衛門家の十六代の責任を果たさず、大農の資産家の総てを人手に渡し出奔し、行方不明になった大悪人」なのだ。優しい父は憤慨し、「突然の難問を突き付けられても全く納得できないから帰ってほしい。バスの時間が来たから早く帰ってくれ」と無理矢理停留所に送っていった。

母と姉は、なんとあつかましい男だろうと罵った。幼い私は何もわからず聞いていた。

人の良い父は、「東京は屋根の上を電車が走り、夜も明るい電灯が灯り、愉しい街らしいよ」と言って私の興味をそそった。

数日後、伯父から手紙が届き、そこには「お前には六人も子供が有るから一人くらいは俺を助けるつもりで預けてくれ。もしひとりでは嫌だと言ったら、姉も東京の女学校に入学させ、一年間だけ一緒に暮らせば良いだろう」と書いてあった。姉は優しく、「姉妹で上京し一年間の約束を果たすのも一案ね」と父母に話した。

両親とも都会で暮らした経験がなく、豊かな田舎で生まれ育ったので、狡猾で菊地家の資産を崩壊させて上京した兄から見れば、騙しやすい夫婦だった。

姉は長女で、生まれた時から皆に可愛がられて育ったので、心優しく、都会に憧れていたのもあり、一年間東京で暮らすのも愉しいかもしれないと心が動いた。幼い私は、大人たちの言葉に興味を持ったが、父母はじっくり相談して確定すると返信し、結局、私たち姉妹の上京に同意した。

数日後、私たち姉妹は父と三人で杉並区の馬橋（現在の高円寺の近く）に向かった。都電を降り、少し歩いたところに三軒長屋があり、この三軒目の駄菓子屋が伯父伯母の家だと言われ、困惑した。伯父は留守で、越後出身の伯母が迎えてくれたが、私たちのショックは大きかった。

店の外部屋は八畳、六畳、三畳の三室で、私たちが奥の三畳間だと言われた。荷をおろし「よろしく」と言い残し父が立ち上がったので、都電の停留所まで父を見送った。「このまま帰宅してしまおうか?」と姉が言ったが、さすがにそれはできなかった。二人は悔しくて涙をこぼしあったが、戻ってきて三畳間に座った。部屋には、小机が一つ置かれているだけで、殺風景だった。

新学期になり、姉は徒歩十数分の〝立正女学校〟に入学、私は杉並第六小学校の二年生に転校し、毎日通学した。伯父にはなぜか滅多に会えず、私は近所の同級生とともに通学し始めた。級友は女子のみで、教師は着物姿の冴えない中年で、一応名簿を読みながら、自己紹介の後「この子は田舎から来たからよろしく」と私を紹介したのみで、すぐに授業が始まった。

授業は味もそっけもなく「質問のある人は手をあげて」といったので何人かの人と私も手を挙げたが無視された。一時間になんどか手を挙げた私は全く無視され、次からは一度も自己の意を発表することをやめて、毎日が繰り返された。このような嫌な二年生が終了し、通信簿の成績は全て〝乙〟だった。

この一年間には親しい友人もできたが、毎朝一緒に通学した子はほとんど寡黙で、登校も常に待たされた。しかし家の前の無住職の寺には、使用人の一軒家が建ち、そこの「ふみちゃん」と言う友達と仲良しになり、一日置きにすぐ近くの〝のぼぴん〟という大浴場が午後の早いうちは客も来ないので、二人で愉しく入浴した。

番台のおばさんは、「店開けの時間は大人も来ないから、ゆっくり遊んで行きなさい」と優しく言ってくれたので、二人の入浴時間は、まさに天国のようだった。

ある日の夜、お使いの帰りに三軒長屋の横の空き地に夜屋台が出ていて、「東山三十六法京楽に眠れる巷突如鳴り響く剣劇の響き」と大声で歌う姿は、ほかならぬ伯父で、私の姿を見ると「ダンゴでも食べていけ」と呼んだので、慌てて家に逃げ帰った。やがて三年生の一学期となり、姉は帰郷した。

馬橋の原っぱ　東京音頭

　私は全乙の通信簿に落胆しながら、三年生の一学期に進級し、ほっとした。三年生の担任は若い男性教師に代わり、一学期の通信簿は〝甲〟が五つも並び喜んだ。

　愉しみにしていた夏休みになり、新民謡「丸の内音頭」が「東京音頭」に改名され、レコードの売り上げが百三十万枚に達した。当時の東京には「原っぱ」なるたくさんの空き地があり、雑草を踏み倒し子供たちの結構な遊び場になっていた。

　家の近くの「原っぱ」で東京音頭を催したら商店街の若者達や学生たちも長い夏休みが愉しめるだろうと相談し合い、決定した結果「原っぱ」に集合し、早速準備に取りかかった。

　まずは定位置を決め、高い矢倉を建て、大きな輪を作り夜も明るいように提灯をつるした。そして太鼓を乗せ、叩きながら、東京音頭のレコードを流せば、老若男女の町民たちも充分楽しめるだろう、との計算が予想を超え、良い雰囲気を醸しだした。いくつもの踊りの輪が出来、夏の夜のまたとない愉しみを多くの人たちが味わった。私は、友人らと東京っ子になれたと華やいだ気分に酔いしれ貧しい家に戻った。

ああ東京良い処ちょいと一度はおいで
　ヨイヨイ
西に富士ヶ嶺ちょいと東に筑波山
　ヨイヨイ
華の都の花の都のまん中で
　やーっとなあそれヨイヨイヨイ
　やーっとなあそれヨイヨイヨイ

と繰り返しながら歌い踊り続け、大勢の人々が楽しんでいる姿が、まるで田舎の盆踊りの賑わいを彷彿とさせて楽しかった。帰宅して疲れた私はぐっすりと眠りこけた。その後、この唄はプロ野球球団ヤクルトスワローズのテーマ音楽として野球場で流れるようになった。

ある早朝、東京の女学校一年を終了し、田舎に帰ったはずの姉が思いがけずやって来た。私を小さな声で起こし、「お父さんたちに言われ、この夏休みは久しぶりに帰郷し、家族たちと過ごさせたいから、一緒に夏休み帳や洋服などを鞄に詰めて帰ろう」と私の肩を叩き、しっかり手を握ると、伯母に伝えた。

伯父は何故か留守だったが、伯母は「せっかくだから行って来なさい」とまるで追い出すように私たちをあっさりと見送った。

私たちは、大急ぎで都電の乗り場まで歩き、まもなく来た電車に乗りほっとした。私はまさか迎えに来てくれるとは思わず、姉と一緒に田舎に帰れると大喜びで座席についた。

幾度か乗り換えて、やっと故郷の実家に辿り着いた。父母はもちろんのこと、兄や妹と弟らも大喜びで迎えてくれた。特に母は、家に来ていた数人の小学校教師に引き合わせ、「こんばんは、いらっしゃい」などと久しぶりで東京っ子になった私を自慢げに語った。

私は上京後、一年と四ヶ月ほどですっかり東京弁を話せるようになっていたので、皆が感心したらしかった。

やがて夏休みが終わりに近づいたが、私は誰になんと言われようと「絶対に東京には帰らない」と泣きながらわがままを通した。兄弟たちもいない独りぼっちはこりごりだと駄々をこね、伯父も伯母もただの一度もどこへも連れて行ってくれた事はなく、洋服も何も買ってくれず、私のたったひとつの楽しみは親友と近くの「ノボピン湯」に行くだけだったと皆に告げた。

話をちょっと戻すが、ある日三軒長屋の家に子供用のベビーダンスが送られてきた。中身は分からなかったが、もしや私に買ってくれたのではないかと思ったが、それは大間違いで、どこか良家の未婚の娘が軍人といい仲になり、赤ん坊ができたので、もらってくれる人がないかと、店に時折お菓子を食べに来る産婆に頼まれて、生後間もない女の赤ちゃんをもらうことになったらしいのだった。

じつは姉が私を迎えに来たとき見てしまった赤ん坊がいたのだが、あの赤子に違いない、と後に姉から聞いて納得した。

私の二年生の通信簿が全乙だったので、「あの子は、女医などになれる優秀な子ではなかったのだ」と伯父夫婦が私の里帰りを幸いに、赤子をもらう約束を先方としたのかと知り、ほっとしたような馬鹿にされたような複雑な気分になったことを今でもはっきり覚えている。嘉衛門家を潰して出奔した伯父の本性を知った母は、あまりにも人の良い夫を激しく罵った。その赤ん坊は、成人し、幼稚園の先生になった。

夕暮れになると筑波山の測候所に電灯が灯り、一日に七色に変わると噂されている山容の美しさとともに、子供たちを追いかけるように空中を飛ぶ赤とんぼの大群は、まるで童話の中の絵のような抒情的な雰囲気を繰り広げる私の大好きな光景で、しばらく見上げては、暗くなるまで遊んでいてよく母に叱られた。

やがて夏休みが過ぎ、三年生の二学期を迎えて受け持ちの男の教師の授業を受けることになり、同級生らとも仲良く勉強することになった。先生は大柄で声も優しく教え方

も上手で嬉しかった。一番印象に残った歌は、

あっちの街と
こっちの街に
太鼓橋かかった
あの子も渡れ
この子も渡れ
仲良く渡れ
虹の橋高いぞ

というもので、先生が唄ってくださったが、作詞家と作曲家のお名前はわからなかった。

三年生の二学期三学期の通信簿はどちらも全甲で嬉しかった。先生は、帰郷した私が東京弁らしい正確な読本の読み方を学級の生徒らに聴かせて参考になれば良いと、読本の時間に私を呼び出しては読ませた。私は少々恥ずかしかったが、大きな声でみんなの

開いたところから読み始め、終わるまでずっと続けた。

読了後に学友らは大きな声で上手だったね、と拍手してくれた。私は、幾分得意になり他のクラスにも呼ばれて、読み方の参考になるようにしっかりつとめを果たした。

東京の小学校で二年生を過ごした全乙の通信簿の屈辱感が一気に消え、みんなに期待されるような模範生になるようにしっかり頑張ろうと決意した。

こうして三年生の期間を終了した。

県立下館女学校

私は上妻小学校の六年三学期末、五人の同級生と県立下館女学校の入試を受け一人だけ合格した。県立を勧めてくれた姉のお陰と父母も喜んでくれたが、家族らに感謝しつつも、落ちた友人たちの落胆を思い、入学の決意をした。しかし女学校は家から七里程の遠距離なので、通学の方法を考え一抹の不安がわいたが、近所の上級生が一緒にバス通学を勧めてくれ、父母の承諾を得てバス通学に決まった。

バスは隣町の始発駅を出て途中から私たちを乗せ、乗り換え場で結城方面から下館駅に到着するまでは車酔いなどもあったが、他人に迷惑かけまいと我慢しつつ終着駅で下車するまで苦労した。

駅から女学校まで、二十数分かかる町外れなので、歩いて行くうちに酔いも収まり一安心した。学校に到着し、早速新入生らの記念撮影が行われるため、百五十名が決められた三組に分かれて撮影した。私の級は、A組で五十名の指定された二人分の机の前の椅子に着席した。間もなく担任の教師が出席簿を手に教壇の前に立ち、生徒らも一緒に立ち上がりみんなで「よろしくお願いいたします」と挨拶を交わし合い着席した。欠席者の無いのを確かめて初めての授業が開始された。

当時は日中戦争の最中で、街には出征兵士を見送る愛国婦人会の割烹着姿や日の丸の小旗を振る人たちの姿を見かけたが、未だ戦争の影響などはなく、一応授業が続けられ友人らも幾人かでき、平穏な日々が続いた。

二年生に進級すると、授業中に戦場の兵隊らに贈る手づくりの慰問袋を作成する時間が増え、日米間の険悪な仲が輸出入にも影響し始め、米国から輸入されていたガソリンなどは全く絶え、バス通学の燃料は木炭に変わり、時間帯も不規則で通学にも支障をきたし始めた。

一方女学生らの上着はそのままだったが、スカートはモンペになり、靴は駒下駄に変えられ、全く女学生の魅力などのない姿に変えられた。

女学校は筑波山を背に流れる勤行川を距てた道を横切った、広い広い野原の真ん中に建つ古風な二階建てで、校庭も広々とした居心地の良い学校だった。

当時は県内の女学校は四年生で卒業する運びになっていた。四年間に全校生徒が総出で行う唯一の催しは、皆の愉しみに待つ〝砂運び〟という珍しい時間だった。当日は、全校生徒があらゆる場所に置かれているバケツを全部県道を一またぎした勤行川の砂地に持って行き、トップの人がバケツに砂を入れたと同時に係の教師が指笛を鳴らしてバスの発車のように、〝砂運び〟の催しを開始し、長い長い一列状態の砂運びが行われるのだった。

川辺の砂地は広く、一人ずつバケツに一杯砂を入れ右から左へ左から右へと渡し合い、広い校庭に撒き、空のバケツを戻し、ふたたびいっぱいになったバケツの砂を水たまりのないように校庭に撒く光景は、まるで子供の遊びのような珍しい催しだった。この日は嫌いなお裁縫の時間がすっとんだので、喜んで行事の時間を楽しんだ。校庭の水溜まりに砂運びをうまく利用して撒き、冬も凍結して滑らないように、雨や雪にも耐えられるように考案されたものだった。

在校の四年間には町に実家のある級友たちの余裕ある時間を羨ましく思うこともあったが、県立高校に合格し、来春は卒業できるのだというほっとした充足感が湧きあがった。

一九四一年十二月八日の早朝、NHKのアナウンサーが大声で幾度も「大本営陸海軍部が本日未明西太平洋に碇泊していた米軍と戦闘状態に入れり」と放送した。不戦だった英国も巻き込み「第二次世界大戦」に突入したのだ。

私は駅からガソリンカーを降り、学校までの町中を走り、街中に流れるニュースを気にしつつ登校した。校庭には分列行進の輪が幾つも出来ていて、私も列に並び、行進に加わった。

米国は、軍国主義の最先鋒となった。ニュースは、日本の空軍がハワイのパールハーバーに待機していた米国の戦艦に空爆を仕掛け、戦闘機や爆撃機の多数の米兵らが犠牲となり、多大な損害を与えたと報じていた。

私は四年生の最後の冬休みの後、待望の卒業の日を迎えた。友人たちは、補修科に残る人たちや上京する人たちと未来への夢などを話し合い、四年間の友情に別れを告げ、未来へと巣立っていった。

私は、実家に戻り十日程ゆっくり寛いだが、母に連れられ、希望したタイピストを目指し、板橋区志村を訪れた。そこは、前にも述べたように、祖父が病気で倒れ寝たきりになったのち、祖父母家族全員が上京し、暮らしていた。

母の弟や妹も同居している板橋志村の一軒家は、女学生のときに毎夏休みに上京していた。奥の八畳間が祖父の寝室で、寝たきりの夫を守る祖母の姿がたまらなく悲しかった。

母は私に何でも手伝いをして、希望のタイピストに一日でも早くなれるようにと強く言い残し、皆に「よろしくお願いします」と頭を下げ、一泊して帰っていった。

叔父は会社に、叔母はお裁縫で懸命に働き、平和な日々が過ぎ去った。まもなく叔母は銀座の松屋の裁縫士に選ばれ、ますます手腕を買われて、裁縫部の主任に気に入られ結婚した。

また叔父も近所の奥様に勧められ結婚し、染野家は戦時中ではあったが、平和に過ごしていた。都心から離れた板橋の志村は、未だ広い田や畑が沢山あり、結婚してまもなく誕生した赤ちゃんを時々おんぶして散歩したり長閑な毎日だった。

第一海軍衣糧廠

昭和十七年三月、女学校卒業後一週間ほど実家に戻ったのち、再び上京した。板橋区志村の祖父母と住み、早速大塚のタイピスト学院でタイプを学び、五ヶ月で免許を取得し、ある会社に入社し、十名ほどの部屋で仕事を始めた。

女性のみの部屋で皆良い人ばかりで一安心した。仕事は休む暇もなく多忙だったが、お陰でしっかり技術を身につけ、毎日通勤していた。いまだ戦果は及ばず、平穏に日々が過ぎ去りタイプ盤にも慣れ、自信がついた。しかし戦争は徐々に激化し、翌年十月二十日、神宮外苑競技場で〝出陣学徒の壮行会〟が催され医学部や科学部以外の学生らが駆り出され、雨の中行進を始めた。

雨の中学徒の兵を見送りて
みな若かりき忘ろうべしや

と詠み、失望した私は会社を辞職し帰郷した。

母は、姉が教員になり、遠方の小学校に勤務して寂しかったので、私の帰郷を喜んだ。しかし、戦争が次第に激化し、「戦時働かざるものは挺身隊員としてどこかに駆り出されるよ」と役場から忠告され、私は職業安定所に行き、上京してタイピストになる意思を告げた。

係員は、丁度「品川の第一海軍衣糧廠」からタイピストの要請があったので、早速紹介しますと嬉しい要望を即座に受諾し、約束の日に上京した。

衣糧廠は、品川駅で乗り換え、立会川駅で下車し、川の橋を渡ると海に面した広大な埋め立て地にあった。いくつもの大きな建物が建っていた。

早速門番に紹介状を提示したところ、タイピストは総務部の管轄で、「入廠手続きが済めばあなたは理事生となり、タイピストの部屋で働くことになる」と案内された。連絡を受けた所長が迎えて下さり、私を見て「所長の西村です。あなたの履歴書を手に心待ちにしていました」とおっしゃり、所長の机の前に腰掛けなさい、と示された。

タイプ室には、二十名近い仲間たちが一字一字を盤から拾い、書類を作り上げていた。

「あなたの席はここです」と席を指定され、久しぶりに盤の前に腰をおろしほっとした。所長は全員の履歴や実力や人柄を知り尽くしていたので、自信が出た。

終業の鐘が鳴り、寮生や自宅通勤者らが帰宅すると、今日入廠した私は、元〝娯空林〟の有名な中華料理店だったのを軍が買収して寮舎とした建物へ行った。寮長も副寮長も女性で、男性は軍人のお偉い方でも一切入寮は禁止であった。

私の今晩からの宿舎は、「〝娯空林〟の裏玄関の三畳間」と案内され落ち着いたが、少々侘しさも感じた。同室の年長の方は優しく迎えてくださった。この室は、女中部屋だったらしい。しかし、隣室の八畳間には六、七人が同居しているので、私の居室は静かで良かったと思った。

しばらくの間は、年長の人と仲良く過ごしていたが、ある日彼女は上官に呼ばれ大切な相談があるらしく、外出させられたのち帰室された。彼女は、ある士官が戦地に出征する前に彼女と同じ信州生まれなので結婚するように、と両親から沙汰があり、仕方なく帰郷するのだと小声で打ち明けられて悲しかった。

まもなく二人目の同室者が来て、糧食部に所属する山梨県生まれと告げられた。彼女は年下で明るく陽気で、たちまち仲良し姉妹のようになった。朝夕の食事も一緒で、ご飯にかけるふりかけなどをくれた。女子寮は〝娯空林〟〝小町園〟という金持ち相手の有名店だった。日本軍に押収された二つの寮舎は、全国から集められたたくさんの挺身隊員や女子大生らが住み、衣糧廠のさまざまな仕事に従事させられていた。

ただ一人、ボイラー手のみ男子で、風呂を沸かしたり、寒い冬は掃除などに使うお湯などを沸かし、寮長は信頼していたが、じつは寮生を殺害した犯人だったと戦後に大々的に新聞に書かれた記事を読み、動転した。

ある日のことだが、衣糧廠は、毎朝朝礼が行われており、その日も廠長の訓辞があり、ほかの高官将校たちの話が済むと、白い帽子、白い靴、白い制服に白手袋で白い短剣を腰に下げた格好良い将校たちが、壇上から降りて各部署に戻られた。

その直後、下士官の男が壇上に上り、日々の作業の段取りを伝えている途中に、突如壇から降りて最前列に並ぶ私の頰をいきなり平手で殴り飛ばし、何食わぬ顔で壇上に戻り話し続けた。

私がいったい何をしたと言うのだ。いったい全体私は、悪魔に魅入られ狙われたのかと怒り苦しみ、頰の痛みと心の傷と悔しさが卍巴に折り重なり今にも倒れそうになり後ずさりしたが、かろうじて自制心を取り戻しつつ、しっかりと大地を踏みしめタイプ室に戻った。

所長や仲間たちの慰めの言葉に感動しながら、黙ってタイプ盤に向って仕事にかかろうとしたら、足がガクガク震えた。しかし、原稿を受け取り打ち始めたら自信が戻りほっとした。

それから数ヶ月の月日が流れ、あの忌まわしかったできごとも忘れかけた頃、総務部の理事生が「廠長よりお話があるらしいので、タイプ室の所長を呼んでこい、何かあるらしい」と伝えてきた。西村所長は狼狽し、覚悟を決めて廠長室に緊張した面持ちでお伺いし、「何か失礼でも?」廠長に尋ねたところ、「今朝の原稿は誰が打ったのか、その人物を連れてこい」と仰せられた。所長は困惑し、大急ぎで私を呼び、二人で廠長室にお伺いした。

「今朝の私の原稿は誰が打ったのか知りたい」と問われたので「この子が打ちました」と所長が答えた。「そうかこの子が打ったのか、ご苦労様。原稿は、一字の間違いもなく綺麗に仕上がっていたので満足した」と優しく短いお言葉でお褒めくださった。短いお言葉だったが、所長も私も上の空で室に戻り、仲間たちに嬉しげな表情で詳細を告げると大きな拍手が涌き、所長は「みなさん、さらに立派な仕事を果たし、タイプ室の評判を一層良くしよう」と誓いあった。

大戦はますます激化し、ある日廊下を隔てた会計課の広い部屋で、女性たちに人気の高い副部長の依田大佐についに召集令状が届き、大型の戦艦の船長として敵地に向かわれる事実がわかり、会計部は大騒ぎになっていた。

私はその騒ぎを聞き、己の立場を忘れ、所長に是非とも私を会計課にうかがわせてくださいさい、衣糧廠の中で廠長や所長の他に依田部員は唯一人のファンなのでお願いしますと頭を下げた。
将校は東大出身の秀才で、文才もあり素晴らしく、彼を取り囲んで涙ぐみながらご無事を祈念している人たちに向き、しっかりとした声で自作の詩を朗じられた。

征く道に
鈍るにはあらねども
足重し
名残の人の余りに多ければ
又逢ふる日の
あらむとは思へども
過ぎたる幸は
還るとは思はず

と悲痛な自作の詩を披露された。私は多少短歌を詠んでいたので、それをメモし手帳にしっかり書きとめ、毎晩暗唱していた。幾度かの引っ越しにもバッグに入れて持ち歩き、卒寿の現在にもその詩を著した貴重な手帳は大切に残してある。

当時は連日米軍機の空襲が続き、ある夜警戒警報と同時に空襲警報が鳴り止まず、集合の命令で夜中の三時近い衣糧廠への途に長い列を作って走り出た。すでに道路に面した家々のおおかたは、国の命令で壊され骨組みだけの家屋が残っており、空爆で焼かれ道々は炎の海と化していた。

数多の寮生らは、火の粉を浴びながら衣糧廠へと走りに走り、やっと着いた私たちの目に映ったのは、下町の大空襲で午前三時の夜空がまるで日中のような明るさとなっている光景だった。衣糧廠の大広間に着いた寮生らは、あまりにも無残な空襲をなす術もなく眺め、立ち尽くすのみで、心身ともに生き地獄に落ちたような恐怖感で震えがとまらず、ただただ呆然と夜明けまで燃えやまぬ火を眺めていた。

翌日、午前中の仕事は中止され、寮生たちは今後の行動をどうするかと上役に問われ、みんな迷わず田舎に疎開したいと告げ、上司は総務部に願い、承知してくださった。寮生たちは急いで身辺整理をし、寮長に今から信州の移転先に順番に出発しますのでご安心くださいとつぎつぎに列車に乗り、第一海軍衣糧廠の支部となった「伊那女学校」を目指し出発した。

この際一刻も早く空襲から逃れ、生きねばとみんな覚悟を決めて出発し、寮のおおかたの部屋は空室になった。立会川の本部のほとんどのお偉い方たちも一部の人たちを残し去っていかれた。

昨夜の大空襲で焼死者が十万人を超えたとニュースが伝えていた。私たちは東京湾の中に埋め立てられた広い敷地に避難し、辛くも一人の死者も出さず命拾いした。衣糧廠勤務の何百人もの今後の安全を願いながら、一日も早い終戦の喜びを味わいたいと神に祈ったが、空爆は品川、横浜へと進み、つぎつぎに尊い命を奪い、たちまち焼き尽くし飛び去った。

さらにタイピストたちも帰郷したり、疎開したりして華やかだった大都会は勿論、地方の主な町や施設などが焼夷弾に焼き尽くされ、日本列島は無残な焼け野原と化した。そのうえついに沖縄へ敵艦が上陸し、投身自殺者や爆死者など数多の尊い国民の命を奪い、島々が占領された。

いったい日本の政治家や軍国主義の最高幹部たちは、何を考えていたのだろう。

タイプ室の西村所長や総務部の大尉部長たちは、松本の材木屋の大きな家を借りて事務所を構えた。帰郷中の私は西村さんに呼び戻され、早朝新宿駅を発車する電車の椅子に座していたら、空襲警報の後、車掌に「退去して、淀橋浄水場の土手下に腰を低くして、空襲の終わるのを待ってください」と告げられた。しばらくして「敵が退去したらしいからご乗車ください」と再度告げられ、やっと発車し、四時間程で松本駅に無事に到着した。

町中には騒がしいニュースが流れ、広島に今まで見たことも聞いたことも無い「きのこ雲」の爆弾が落とされ、多数の人々がなくなり、あるいはボロ切れのようになったと伝えていた。私は慌てて指定された松本支社に向かった。西村所長が私の姿を見て、大変喜ばれた。出張所の所長も顔見知りで「よく来たね」と仰られた。

十二、三人の学生やタイピストらが歓迎してくださり、安堵したが次々にニュースが伝わり、広島に落とされたのは、〝原子爆弾〟という世界初の爆弾で広島や近辺の人たちが多く被爆して、地獄のような無残な状況らしいとの噂が立ち始めた。さらに三日後には長崎にも一発落とされ、沢山の犠牲者が出たとニュースが伝えた。その日の正午、天皇陛下のお言葉で「日本国敗戦」の事実が全国民に伝えられ、ついに軍国主義日本が終戦を迎えたのだった。

かくして日本は、第二次世界大戦の終焉を遂げ、全国民に平和が取り戻された。信州の伊那女学校に疎開していた何百人もの挺身隊員や学徒達に解散命令が出て、現場の人たちが作成したリュックに同じ物資をびっしり詰め込み、一人一人に手渡し、衣糧廠でお国のために働いた会社の品々を送り、つぎつぎに懐かしい故郷へと向かった。空襲のサイレンに怯えることもなく、人々は故郷に帰っていった。

「東京は危険だから遠回りしても高崎方面に乗車すれば古河に着き、下妻行きのバスで帰宅可能よ」と教えてくださる人があったので、それなら安全かと思い、伊那駅で一夜を明かし、予定通りのコースを辿り、無事帰宅できた。

私は〝田毎の月〟を見たいので、外に出て田園の広がる風景を見上げると、生まれてはじめて見ることができた。田毎の月の美しさは、女学生の頃から知っていたので、一度見てみたいと思っていた。それはたとえようもなく美しく、照り映える田毎の月を満喫し、感動した。段々畑も田園も輝く月光に照り映え、思わず知らずに泪ぐんだ。願いが意外な時にかなえられた。

忘れがたい体験はたくさんあるが、忘却の中のいちばん大切な人々は、市川房江先生の応援団の西村好江先生と同性愛者の七条女史だった。

お二人は、若い頃からの親友で、生涯を睦まじく、豊かに送られた。私は、タイピスト時代たいへん可愛がっていただき、〝この子は私の秘蔵っ子です〟と信頼され、休日には二人の自宅に招かれてごちそうになったり、母にも勝る愛情で接してくださった。

御両人は、数多の有能な友人があり、戦後初めて行われた総選挙で二十九名の女性が当選されたなかの市川先生や、山口自転車社長の長女山口静枝さんなどともお知り合いで、西村七条先生宅で同行させていただき、当選を喜んで愉しい祝宴を体験した。

現在は、皆様御他界なさり、天国で日本国の発展を見守られていることだろう。

帰宅後は、敗戦のショックと体力の限界で、思いがけず寝込んでしまった。熱が出て床から起きられず、病臥の身になってしまった。幸いに東大医学部出身の博士が疎開中と知り、母が知り合いなので診察をお願いしたところ、すぐに来てくださり、肋膜の軽い症状で薬を飲み安静にすれば大丈夫とおっしゃった。

肋膜といえば、私は、衣糧廠時代に親友が肋膜にかかり、寮長に病友に付き添うようにと頼まれ、病友の床の近く眠ることがあった。

それが原因らしかったが、病友は神戸の親が迎えに来て自宅に帰っていった。私は解放され、寮長からご苦労様とお礼の言葉もいただいたが、十日ほどの後に〝娘が神戸で爆死した〟との便りが届き、あらためて空爆の恐ろしさを感じ悲しかった。彼女はいつも〝しんどいわ〟と関西弁で私に言っていて、かわいそうでならなかったが、何の力にもなれずに親友の死を知らされ、世の無情を感じた。

その後、私は医師の処置のおかげで、ほぼ一ヶ月後に熱もまったくなくなり、身体のふらつきも消えて、父母に感謝し、床を離れた。考えてみれば衣糧廠勤務の時は良いことも悪いことも悲しく辛いこともたくさんあった。戦争の空しさは永遠に消去しがたい人類の罪だった。

病臥中に朝刊に大きく掲載されていた「元殺人鬼の衣糧廠ボイラー係」の犯人の名が確かに記されていたのでショックを受けた。母から送ってもらった綿入の〝掻い巻き〟をベランダに干していたのが行方不明になり、彼の仕業と皆に思われた通りだと改めて知った。

皇太子誕生から平成まで

昭和八年、十二月二十三日午前七時前頃、ＮＨＫのラジオが十秒ほどの間隔で「皇太子殿下の御誕生」を祝福するアナウンサーの緊張した声を流し、師走の日本の大空に響き渡った。感激した皇居近くの住民たちが続々と皇居前の広場に駆けつけ、二重橋へ向きみんなひれ伏して「おめでとうございます」と感激の涙をこぼし合う国民の姿を、アナウンサーが伝え続けた。皇太子殿下の御名前は「明仁《あきひと》継宮殿下」と告げられた。

日の出だ
日の出に鳴った鳴った
ポーポー

サイレンサイレン
ランランチンゴー
夜明けの鐘々
天皇陛下御喜び
皆んな皆んな
拍手嬉しいな
母さん皇太子様お産まれなさった

と全国民が「萬歳萬歳」と叫びつつ、両陛下の内親王の他にはじめて、皇太子の誕生なさっためでたさを、宮内庁の役人たちはこぞって安堵した。奉祝歌は、作詞北原白秋、作曲は中山晋平作で、日本国中のひとびとらに唄われ、広まった。

この奉祝歌は、平成二十一年の園遊会の日に森光子が、天皇陛下の御前で披露され、招待者らは一層の祝福の喜びを味わった。

実は宮内庁の中では、皇后様のご懐妊なさった頃から、つぎに誕生される方がもし再び王女様だったら〝次は側室を〟との問題が浮上していたが、両陛下は側室の件はきっぱりお断わりなさった。

時代がくだり、皇太子ははじめて平民から妃を迎えることとなった。四月十日の御成婚パレードには日の丸の小旗を振る国民らの群れで街道は埋め尽くされ、テレビ受信契約が二百万台を突破した。


そして皇室は、長男の浩宮、次男の礼宮、長女の紀宮が誕生、過去の家族制度を改め、夫婦と子供単位の新しい家族に別れ、棲むことになった。

日本は、神武景気の一途を辿り、皇室は敗戦以来の諸外国とも手を組み交流を重ねつつ、諸国に信頼される大国への道をひたすらに走った。

地震国日本は、数多の侵害に見舞われたが、皇族はいち早く現地を訪れ吾が身を顧みず各地を見舞い、災害者らを励まし手をとって、休む暇もなく各地の人々を慰めるという行動的な歳月を過ごされた。

歳月の流れはあっという間に過ぎ去り、昭和天皇は老齢の病中を押し、戦没者追悼式典に出席なさったが、一九八八年九月十九日吐血重病を伝えられた。

翌年一月七日、崩御され、激動の昭和の幕が下ろされた。

昭和時代が終焉を迎え、時代は〝平成〟に変わり、皇太子殿下が平成元年の天皇陛下に決定した。

皇太子殿下の初恋

お二人の恋を結びつけたのは、軽井沢のテニスコートだった。聖心女子大学卒業後の美智子様が、名門テニスコートで長幼の序列のない親善試合に参加なさった。二日目にコートの常連の皇太子組の二人と、美智子様は十三歳のフランスの少年とのミックスダブルスで、第一は六―四で皇太子組が勝ち、つぎは打っても打っても、美智子様がカモシカのように軽快な足取りでかけまわり、皇太子組は奮戦したが、焦りが裏目に出て五―七で敗れた。第三セットも同様で美智子さまの粘り強さに呆れる思いで白球を追ったが、思わしくない。

観覧席で声援の浜尾待従も気が気でなく、大声をはりあげ、「殿下しっかり」と応援していたら、二、三段下の上品な婦人がふりむき、申し訳なさそうに見上げられた。また、浜尾氏が殿下を叱咤すると、婦人もふりかえる、というような繰り返しがあり、結局、一―六の大差で殿下は敗れた。

試合後、婦人は皇太子を破ったことを侍従に詫びた。その人が、美智子様の母だったとは皇太子は知らなかった。

敗れたとはいえ、皇太子は何か爽やかな気分だった。口惜しさはあるが、名も知らぬ彼女に惹かれるものがあり忘れがたいものが残った。彼女の名、人柄、学校名などを皇太子は友人にしつこく尋ねたそうだ。試合後、皇太子はコートのそばの喫茶店〝不二家〟に彼女を誘うよう学友に打ち明け、彼女の聡明な話しぶり、稀なる美貌と育ちの良い気品と立ち振る舞いと見事なプロポーションに一目惚れに似た恋心を抱いた。

その一週間後に、軽井沢の千ヶ滝コートに二人の姿があった。以来皇太子の心は、日増しに彼女に傾倒した。しかし、帰京した美智子様には、数多の困難が待ち受けていた。家族は皇太子様との恋は余りにも困難が多く待ち受けていることを思い、父母は一ヶ月の予定で外国旅行にいく計画を立て、美智子様にお話をした。彼女の心は、千々に乱れ、殿下への恋心が募ったが、父母に同意した。帰国後は部屋にこもり、恋心がさらに増した。

皇太子と美智子様のご成婚パレード

昭和三十四年四月十日、皇太子殿下と美智子様の結婚の儀、宮中御所において催された。皇太子は、実丹袴の祭服、美智子様は十二単でともに平安時代の古式床しい王朝絵巻の観があった。式後は皇居から東宮御所まで六頭のオープン馬車で八・八キロに及ぶ沿道に、五十三万人の人波がうねり、急増したテレビに釘付けになったひとびとの熱い凝視があった。

この日を境に姓のない〝美智子様〟になり、日本女性ナンバー2の位置にたたれ、絢爛たる宮廷生活へ躍り出て、女性最高の勲一等宝冠章の受章、豪荘を御殿とする多くの使用人のかしづく日々がはじまった。

生涯富裕な経済力を保証され、国内外ともに外出には護衛、晩餐会では〝ヒロイン〟。

この異次元の世界の五十分のパレードの中で、胸中を去来するのははかりしれないものだったことだろう。

皇太子と並べた二組の布団は、正田家からの嫁入り道具の一つ。皇太子は、ベッドは用いず、布団を使用していると聞いて、母の富美子さんは、綸子の生地で仕立てた寝衣も皇室伝統の白畑回し二重の着物仕立てで、美智子様もベッドにパジャマだったのを陛下にあわせ綸子縮綿の着物に変えられた。


昭和三十二年の夏に初めて皇太子と会い、殿下への愛と皇室への関心を持ち、日毎考えるようになられた。

天皇制の将来、国民に愛される望ましい有り方と問題、マイナスは皇室の将来、お堀の内側の人たちのもつ皇室係と、外側の人達の求める落差を縮めることが大変だった。

ご結婚後、一年目の会見で美智子妃は、

「難しいと思ったこともあるし辛いこともあります。いつになったら慣れるのか見当がつきません。ときには八方塞がりのような気持ちになることもあります」と心情を吐露された。

皇太子の愛を受け、国民からは大きな祝福と期待を受けた美智子妃は、学習院の同窓会組織である常磐会には親しみがなく、老朽の東宮御所に谷口教授の設計で千七十坪の鉄筋造りの皇太子の新居が決定、皇太子の悲願がかない美智子妃は親子同居の夢が実現し、居室のそばには調理室も作り、それはのちに娘の紀宮様にも役立った。

ご結婚後、五ヶ月過ぎにご懐妊の発表があり、皇統の最優先する天皇家の願いが果たされて、妃は「母子手帳」を受けられた。男子なら百二十代の天皇で女子でも内親王皇女と呼ばれる。子が生まれたら、乳人制を取らず親子同居は、殿下も同意された。

かくて、日本は敗戦を乗り越え、神武以来の好景気となり、皇太子と美智子様は運命的な縁だった。美智子様は、これ迄の皇族には無い完璧性を持ち、大学長と小泉博士らは、葉山御用邸の両陛下に美智子様のような方はほかにはいない旨をお伝えし、天皇はほぼ承諾なされた。

それに対し、正田家はお断りし、殊に長兄（東大法学部から日銀に勤務の秀才）が反対された。美智子様は部屋にこもり、泣いていたという。恋の芽生えを断たれようとする切なさである。

半ばうつろな旅を続け、美智子様は二十三歳のハムレットの心境だった。東京に帰れば考える余裕は無い。宮内庁では小泉氏が熱心に説得し、予定を早めよ、と言う。帰国後、皇太子殿下から電話があったが、彼女はお断りの手紙を出した。その後小泉氏が「陛下も強く望んでおられます」と最後の切り札を出した。

母の富美子さんは、夫や美智子様や長男とともに家族会議を開き、受諾を決めた。一年前の昭和三十二年八月、殿下との顔合わせ以来一年三ヶ月目の日本最高の恋愛がハッピーエンドで飾られることになった。

天皇皇后のその後は、日本の数多の災害や沖縄の戦後処理にはもちろん、敵対する常磐会の悪質な猛反対にも大忍、強い信念のもとに限りない苦難の道を乗り越えられ、一時は全くお言葉を話せない程の苦行の日常を回復され、徐々に天性の稀有な底力と努力を積み重ねえられ、ますます日本国民の尊崇と人気を獲得され、不動の妃となられた。各地に地震や津波など様々の災害が起こると直ちに両陛下は現地に駆けつけられ被害者の方々に温かい手をさし述べられて優しい慰めの言葉をかけられた。

歳月の流れは、平等に人間の命をかならず天国に昇天させる宿命であり、例外はなく、地球は回転し人間の肉体は亡びに向かっている。天にきらめくかずかぎりない星の一つとなって輝く日は誰にもあるが、それがいつ訪れるか誰も知らない。

しかし、私達は第二次世界大戦に敗れても、いち早く立ち直り、素晴らしい皇室を中心にいまは平穏な日常を送り、世界にも稀なる天皇を中心とする〝大和魂〟が個人の心の中に育っていて、平和な日々を与えられた。私たちは世界に訪れる日本の〝日の丸の旗〟を永遠に降り続けていきましょう。

天皇陛下と美智子皇后のご本人の存在は、日本人にとって尊き神にも勝るお心の厚いお働きであり、まことにありがたい日本人の誇りである。

夫との出会い

私の夫は、大正十一年四月一日、栃木県の泉応院の寺に長男として生まれ、家族らの祝福を受けて育った。次々に妹や弟たちが生まれたが、八人きょうだいの末の子は幼い日に病死した。

敗戦後、夫は実家の寺に帰宅したのち、祖父の寺である下妻「多宝院」に移居し、妹と再会し、しばらく平和な日々を満喫していた。

この寺は筑波の天狗争動に関係したらしい。本堂は、立派な天井絵が描かれ、広い空の下で夫は日当たりの良い八畳間に、祖母と長女は庫裡の二間に住み、戦後初めての平和な日々を送っていた。

私が、夫と初めて逢ったのもこの寺の門前だった。

夫が、寺の大木などを倒し、薪木にするために鋸で燃え易く伐っていたので、「偉いわね」と話しかけて以来、少しずつ親しくなり、祖父のお世話をしている妹さんにさつま芋のふかしたのを頂き、いつしか老僧にも紹介された。

母にその話をしたら、「今度は私がお芋で作った美味しい水飴を作ってあげるから、持って行ってあげなさい」と言われ、持参した。老僧はさつま芋を蒸して作った飴を入れた折のふたを開けて味見し、「こんな美味しいのは初めてだ」とすっかりお気に召し、「うまいうまい」と舐めはじめ、祖父と孫が奪い合うようにしてきれいに食べてしまった。

彼の妹と私は二人の姿を眺めながら大笑いし喜んだ。

その話を聞いた勘の良い母は、私たちを好い仲だと思ったのだろう。とても喜び、「また作ってあげないとね」と感激していった。

その夏の終わる頃、町の北にある砂沼のあたりで五分間に一発の花火があがり、戦争中の爆撃の音を思い出し、空襲の爆撃では無い平和の証だと思わず泪がこぼれそうになった。

彼と二人で手をつなぎながら他人に知られないように「結婚しよう」と両手をしっか

と握り合い、誓った。それは精神的な誓いで、当時の若者らしいプラトニックなラブシーンだった。

夫は、敗戦後の異例により、九月に大学卒業、故郷の寺で戦後の疲労を回復し、実家の泉応院で婚礼の日を待ちわび過ごした。

戦後の荒廃した東京では交通の便もままならず、当分の間は都内に戻ることも許可されなかった当時、勤務中の若者達や学生たちはしばらくの間上京不可能になり、夫が多宝院にしばらく移居していた頃、意欲的な若者たちが集まって「睦会」という会をつくり、文化運動を始めた。狭い町なので皆親しくなり、そこで夫と私も親しくなり祖父の寺に時折寄ったりしていつの間にか恋心のようなものが芽生えたのだ。

こうした戦後の下妻で、何かしたいとい相談し、「睦会」を開いたところ、多くの若者が集まって、しばしの月日を楽しんだ。私も妹と合唱団に入って、夜道を他の男性団員たちと隣町の会場へ行き、参加したこともあった。妹は教師だったのだが、停電になると廊下に腰を下ろして姉妹で練習に励み、発表会などで二部合唱を披露した。そのうち、東京も一段落して、みなが上京していったので、睦会は終わった。

寺での結婚式

嫁ぐ日は早起きして身仕舞いを整え、予約したトラックの着くのを家族らと待っていた。大きなトラックに、嫁入り道具と共に仲人二人と夫の長妹と四人で乗り込み出発したが、県道はでこぼこ道が多く、十数里の石ころ道を走りにくく予定時刻をだいぶ経過し婚家の寺に到着した。

したがって結婚式は予定より二時間も遅れ、式に参列する親族やお客の檀家の人らは、幾分イライラしていたと夫から後で知らされた。

寺庭には、大勢の見物人たちが集まっていたので、大拍手が起こり、招待客たちもほっとした様子だった。

トラックから降りた四人は、本堂と庫裡の真ん中にある玄関より通され、一服のお茶をいただいて、すぐに庫裡の広間で三三九度の杯を交わし合い、「おめでとう」と祝辞を述べられた後、これで終わりにしますと言って本堂の宴会場で待ちくたびれていたお客たちに、ただいま式が終了しましたと報告した。

それまでに私は、結婚式に三回ほど出席した経験があり、全く異例の式だと内心じくじたるものがあったが、大幅に遅刻したのだから当然かと納得はしたものの、嫌な気分ではあった。

その時、夫がどうしていたのか思い出せない。

祝宴は、大勢の男たちのみが本堂で、女たちは女たちのみでの祝宴となった。結城方面から駆けつけてくれた私の叔母も女性達と一緒に祝宴に参加してくれたので幾分ほっとして私も宴に加わった。

本堂の宴が終会し、客たちがみんな帰宅したところで、父である僧が夫婦の座している部屋にやってきて、お前たち新婚夫婦の部屋は、本堂の右の奥に決めたから、三日ほどはそこで過ごし、その後は庫裡の六畳間に移居しなさいと示され、二人はやっと安堵した。

初夜は、結婚式の後の惨めな気分を振り捨てて、一夜を共にした。

翌朝、早起きしたらしい舅が、本堂にやってきて鐘を鳴らし、お経を読み始めた。新婚の夫と私は布団を片付け、身仕舞いをきちんと整え、本堂の廊下を渡って舅と姑の座している長火鉢の前で身を整え、「おはようございます。今後ともどうぞよろしくお願い申し上げます」と深く頭を下げてご挨拶申しあげて、お座敷より一段下った板の間の食堂に向かった。

三女の妹が広い食卓に家族らの食事を並べてくれていた。彼女は素直で働き者で口数は少ないが優しく私の大好きな妹だった。

舅は、僧侶のつとめの他に、町の役所に勤務し、のちに議員となり議長に出世し、寺を多くは留守にしていた。

姑は村娘たちに裁縫の仕立てなどを指導して多忙な主婦だった。多くの子供を生み、子育てと仕事の両立は厳しく、五人目の男子の出産後、心に病を患い、常人の日常とは無関係な自分一人の世界に落ち込み、裁縫所を閉め、主婦の座も守れなくなり、かわいそうな姑になってしまった。

かつて夫は、出征する前に、「可哀想な母をもっと大切にして、幸せにして下さい」と深々頭を下げて母への心情を訴え、出征の決意を吐露した。妹たちの大方は、舅が妻をないがしろにして忌まわしい妾を囲っている事を知っていたので、夫は噂話にショックを受けていた。

私が嫁いだ頃は、舅の食事は台所より高い茶の間の火鉢のところで、嫁や娘たちに一人分の食事を運ばせ、姑は私たち夫婦や何人もの他の子供たちと一緒に食事をしているので、「お母さんもお父さんと一緒に食べないの」と何も知らないので素直に聞いたら、みんな急にしゅんとして黙ったので嫌な気分になった。そして各自が立って出かけてしまった。

私はその雰囲気を素早く察知し、余計な問いかけを反省した。

ある日、家族の食事がすみ、後片付けをしていたら、どすんと音がして私の背中あたりに何かが落ちたのでうしろを向いたら、なんと大蛇が天井の梁のない太い柱から落ちてきたのだった。私は、この世で一番怖い蛇に襟元を打たれ、気が遠くなりショックだった。体が震えて、ちょうど出勤前の舅が居たので、妹は大声で叫んで、舅が台所に来て太い棒で蛇をくるくるまき、裏の池に投げ込んだ。妹も大丈夫だと言った。

舅は、私にいろいろ命じて出かけた。次女の妹は日当たりの良い六畳の間で友人と楽しそうに話していたが、舅は妹には何も言いつけず外出し、私は妊娠中にもかかわらず、冷たい井戸水で大根を葉っぱまで洗い、桶に干していた。ふと指先が痛いので、手を拭いて触ってみたら、両手の指先から血がにじんでいた。痛い痛いと叫んで苦痛に耐えつつ、夫の帰宅を待ち、手を見せたら、これは大変だ、あかぎれだと言って、しもやけやひびなどは、痛み、血の滲む事もあるから、と慰められ、急いで湯を沸かし、指をよく洗い、薬を塗ってくれた。

私はかつてしもやけなども知らず、たまにひびが切れたぐらいだったので、この寺の生活は長く耐え難く、出産後親子三人で上京する決意を夫婦で固めた。

寺で長男出産

昭和二十三年八月二十五日、月が満ち、出産の兆候が迫ってきた。家族らは大釜にたっぷり湯を沸かし、庫裡で待機していた。予約していたお産婆が直ぐやってきて大声をかけ「りきんで、もっとりきんで」と私を励ました。途端に元気に「おぎゃあ」と泣く声がして「もう大丈夫だ」と母子の状態も確認せずに産室を出ていった。

隣室の障子を全開にして、本堂に疎開中の歯医者（舅のいとこ）の妻と娘が、夫の妹たちをも呼び、出産の情景を見逃すまいとやってきた。

産婦の私は、出産の喜びを思う前に強烈な激痛に耐えがたく、声を振り絞って「痛い、痛い」と絶叫し続けた。

その苦痛は産婆の粗雑な処置の後の、消毒はもちろん何の手当もせず去ったせいと思われた。

夫が急ぎやってきて、他の近隣の医師を招んだが、「お産は誰でもこんな苦痛なものだ」とろくに診察もせず帰ってしまった。

激痛に耐えかね、気が遠くなった私を見て、夫はこれはただ事ではないと思い、中学の同級生の父が大病院の院長で、同級生も親の跡を継いで医大を出て、父親の病院に勤務しているのを思い出し、急遽彼に電話をかけて「妻の出産の後が苦痛で失神寸前ですので是非診察いただけませんか」と大声でお願いしたところ、彼は「それは大変だ。すぐに伺います」と力強くおっしゃり、間もなく二人の看護婦を伴って駆け付けて下さった。

医師は直ちに産婦の状態を見て診察し、「この亀裂はただ事ではない。高熱は『腎盂腎炎』に相違ない」と正確に判断してくださり、まず注射を打ち、薬を投予し、亀裂を丁寧に消毒し、至れり尽くせりで完璧な産後の治療を施して下さった。

「もう少し処置が遅れたら命を落とされるところでしたが、もう大丈夫です」と私の泣き顔に向かって太鼓判を押してくださった。私は思わず「先生の御手は、神の御手ですね」と苦しさに耐え、両手を合わせ深く御礼を申し上げた。その後も数回来てくださった。

私は病名を知り、先生のご指導のもとに一日、二日とわれを取り戻し、産児の授乳時も激痛に悩まされたが、四十余日目に、やっと床上げができた。

生還の嬉しさと家族のみんなの優しさに深く御礼を申し上げた。寺の初めての孫は皆に可愛がられ、姑が孫の頭を丸刈りにして驚かされたこともあった。

その後は、大家族の中で親子三人が暮らしていくことは大変だと夫婦で話し合い、夫は上京して自分の信念を貫き、社会に貢献したい決意を父に伝え、寺から一年半ぶりに上京した。

日赤病院で長女出産

昭和二十七年、長男が四歳になり、私は二人目の子を妊娠し、渋谷の日赤病院に予約を入れ、月一回の診察を受けて出産の日が近づくのを待ち、家で待機していた。

予定日の近くなったある日の朝、目が覚めたらなんとなく兆候を感じたので、急遽お湯を沸かし、洗髪し支度を整え、夫に産気づいたことを告げ、タクシーを呼んでもらい、親子三人で日赤に向かい、受付に出産の近づいたことを告げ、程なくナースたちが車椅子を押し迎えに来て私をすぐ乗せた。

私が産室へ向かった姿を見た長男は、いきなり大声で叫びながら追いかけてきた。慌てた夫は、長男を引き戻そうとした。ほかのナースたちも来て、長男は押し戻された。夫は慌てふためき、家で待機していた妹を呼び出し、長男をタクシーに乗せて三人で帰宅した。長男は他の同年の子より少々遅れていたので、「寺でしばらく預かってもらえないだろうか？」と妹に頼んだら、承知したと言ってくれた。

私は徐々に激しくなる痛みを懸命に耐え、産気づく刻を待っていた。産室では、ナースたちが下駄の音を立てながら出産の準備をしつつ、出産の刻を待っていた。間もなく出産の刻が来て担当医が赤子を取り上げた瞬間、「おぎゃあ、おぎゃあ」と泣く赤子の声にほっとしたのも束の間で、長男の時以上に耐え難い痛みと辛さが襲いかかってきた。産婦の私は、大声で苦痛に耐えながら恥も外聞もなく、「痛い、苦しい」と訴えた。取り上げた担当医がただ事ではないと察知し、急遽ナースたちに命じて十二、三名らの若いインターンたちを呼び、産婦を囲んで直ちに切裂の縫合を開始した。医師は、彼らに真剣に見学するように命じた。彼らは医師の縫合糸の様子を凝視しながら、如何なる勉強をしたであろうか。私は、辛さをこらえながら手術の終了を願った。

出産見舞いに上京していた母の送ってくれた行季の中には、ぎっしりと赤子の産着、おむつ、肌着、着物などの様々なものが詰め込まれていた。その中のものを取り出そうとした矢先、退院した赤子を一目見、長男は「赤ん坊なんて要らないから、踏みつぶし殺してやる」と行季に詰め寄り、もの凄い剣幕で行季を蹴飛ばしたのだった。四歳になるまで、一人っ子として可愛がられ育てられてきたので、自分より可愛い赤子が生まれた悔しさと怒りを募らせて叫んだのだった。

親族らは、困ったことになったと言い、赤子を次の間に移して、ただ見守るより他なかった。私は行季の中のものを全部出して、その中に赤ん坊を寝かせ、騒ぎは一旦収まった。行季の中の毛布に包まれた赤子は何も知らず眠り続けていた。

親子の退院は一週間後のために、連日授乳の時間になるとナースたちが両腕に二人ずつ乳児らを抱え、各自の名札のついたベッドに一人ずつ赤子を配り、時間が来ると再び授乳の済んだ乳児らを、まるで品物を取り扱うように両腕に抱えて、乳児室のベッドに移すのだった。それは、合理的かつ感動的な朝昼夜の光景だった。

その日から夫の妹との約束どおり、長男は自分の生まれた父の実家のお寺に二、三ヶ月預かってもらうことになり、連れて行かれた。

寺は家族が多く賑やかで、広々とした庭や寺の周辺の田んぼや畑などを珍しげに眺めながら、時には裏の小川に住む小海老や小魚などを捕まえたりし、毎日一人遊びを愉しんだり、優しい姑などと近隣のお店に行き、お菓子を買ってもらったり、あるいは毎日正午の鐘をつく大人の後に鐘をつき、お堂の階段を上ったりしてけっこう楽しんでいた。たちまちのうちに二、三ヶ月の約束の毎日を過ごしていたらしいが、田舎、ことに寺の墓地周りにはたくさんの蚊がいるので、長男の半ズボンの足にはたくさん蚊に刺された跡が残り、痛かったと帰郷してから私に告げた。

そうして「僕はお寺に捨てられたのだ」と涙をこぼしながら私に訴えた。

ある日、長男はひとりで床屋に行き、丸刈り頭になって戻ってきた。私は、なんとも言えない気持ちで長男を抱きしめ「ゴメンネ」と声に出して慰めた。

まもなくお祭りの日がやってきて、長男が子供たちの列に入って山車を引く嬉しそうな姿を見て、私はこれでよかったのだと心から安心した。

長女の出産後、我が家が手狭になったので、西の空き地に応接間兼、六畳の事務所、残りの敷地ギリギリに床の間付きの八畳を増築し、車庫の建つ道に面したところに低い石の門を築き、十八年住み続けた。

間もなく、裏の空き地に三軒長屋が建ち、真ん中の家に長男より一歳年上の坊やと妹が引っ越してきた。長男と隣の男の子が仲良くなり、毎日のように午後から二人で賑やかな商店街の中に占めるお風呂屋に誘い合う、などという成長した姿も見られ、妹への意地悪も消え、満足し安心した。

長女も近所の女の子達と仲良く遊び、誰にでも優しく接し性格が良いので、近隣の女の子たちの諍いの仲介をしたりして、皆に頼りにされ、私に似ず、良い女の子となった。

夫の仕事

夫は、旧制の中学校を卒業後、上京して中国語を学び、満州の会社に就職したが、大学出身では無いものは努力しても出世は望めぬと知り、一年半で退職し、東京の赤坂豊川閣に住み込みで修業を決めた。同時に専修大学の予科に入学し、寺で修行を積み、学部に移り、めでたく大学の四年間を終了した。

大学のゼミナールの宇佐美法学部の先生のご紹介で「朝日新聞社」の経済部長の丹波秀伯氏との面会を許され、当時の経理士として採用された。当時、各会社には必ず必要な仕事で、商法、税法が改正され大変な時代だった。

朝日の社員でもなく、部の顧問という地位で、連日朝日新聞本社の社主室の職員部屋の机を与えられて、朝日の関係法人経理の指導を開始した。

そして、会計士に合格するや「ニッポン放送」も頼まれ、連日多忙なメディア業界にも引き込まれた。メディア業界は「ラジオ」が「テレビ」に移る時代で、政府から免許を取るために大変だった。

夫の真摯な人柄が、ゼミの宇佐美先生や丹波部長の絶大なる信頼の元に公認会計士として高く評価され、未来のさらなる繁栄に結びつき、ますます自信がつき、力強いスタートを発展させる基礎となった。

経済や社会の仕組みに全く疎い自分が恥ずかしい。

向台より東中野へ

私たち四人家族は、十八年間この地に住み、四十坪の狭い土地に初めて建築した小さな家を取り壊し二階建ての立派な家を建てたが、事務所が狭くなり、事務員も増加した五年目に再び建て替えて事務所を広げ、当分の間は満足だった。しかし、交通手段はバスのみで、通勤にも不便なため、夫婦で休日を利用し、あちこちを回り探し当てたのが東中野駅に近接する十階建てのマンションだった。

さっそく私たちは車を止めて事務室に入り、空室の有無を尋ねたら「丁度三階で北東西に窓がある南向きではない空室があるのでいかがか」と言われ、ぜひとも見せてくださいと願って案内された。

中を見せてもらい、部屋が四間もあり、キッチンに風呂に水洗のトイレもあり、すっかり気に入り、即座に契約を取り付けた。

契約を済ませ、現金払いを約束して早急に事務所を移転する運びとなった。

満足して帰宅し、出来るだけ早く事務所をマンションに移すことに決定した。翌日、事務員たちが出勤するのを待ち、詳細を告げたところ、皆大喜びで各自の持ち物を整理し始めた。

夫はマンションに電話をかけ、「何日に移転すればいいか」と問い合わせると、明日からでも結構と答えがかえってきたので、みんなにそうに告げた。

何よりも駅に近いということで一同はありがたく思い、次の日から出勤するようになった。事務所は多くの仕事を抱え、収入も増え、ますます税務に関する相談に応じる運びとなった。

しかし、家族らの住む家からはやや遠くなり、それでもしばらくの間は向台に住んでいたが、ある時夫婦で相談の上、事務所に近い空き地の売り物を見つけた。

八十坪の土地が三軒分に分けられ、一坪二十三万円と表示されていたが、思い切って三軒分をまとめて購入すれば、一坪二十二万円でいかがと売主に相談し、売主は少し考えていたが、承知しましたと答えて契約が成立した。

ここは駅から徒歩五分ほどの高級住宅地で、緩やかな坂道の両側には庭のある住宅が並んでいた。

私は夫に「支払いは大丈夫か」と言われたが、今までコツコツと貯めたお金を全部合わせれば充分だと即座に頭の中で計算し、万全だと答えた。

夫は税理士から公認会計士へと進み、連日多忙な務めを果たし、税理士試験の合格を目指して入所を希望する若者たちを採用し、たちまち所員も十数名を超えた。一ヶ月の収入額から給料を払っても充分な利益を得て、私は余分な無駄遣いなどを避け、コツコツと貯蓄を重ね、株をだいぶ持っていたのでそれを売り払い、持っていた小さな古家や借家なども全部売却して八十坪の土地を購入した。

ご近所で親しくなった奥様のお話によると、当時は庭つきの一戸建ての立派なお宅が五百万円で購入できたと教えてくださった。夫は私に支払いの有無を託したが、私は心配ないと自信をもって答え、夫を安心させた。

神武以来の好景気の波に乗り、得意先の数も年々増え続け、夫は念願の公認会計士の試験にも合格していた。

貯蓄した全財産を八十坪の土地に支払って、約十ヶ月ほどは空き地のままにしてますます収入の増えるのを待ち、決心を固めて家族らが住む二階建ての家を建て、庭には数多くの樹木を植え、住み慣れた家を引っ越した。


夫が上京し事務所を構えた当時の所員の初任給は一ヶ月三千円だったが、昭和五十二年より会社員の初任給が初めて十万円に達した。昭和四十数年より夫は公認会計士会の旅行会にも属し、年一度の海外旅行にも夫婦連れで参加し、主な西欧や東洋の城や都市などの戦後の変化を見て廻り、各々十余日の旅を果たした。当時の日本円は一ドル三百六十円で、費用も高額だったが、海外の旅は、良いことも嫌なことも体験できた。

旅行はますます増え、お仲間も大勢となり、旅は四十ヶ数国にも及んだが、数多の旅で特に強い印象的で忘れ難いのも多くあった。外国の旅は、自己の胸の中に確実な形として、残しておきたい。

同行した大方の知人友人たちもあるいは他界され、そうでなくとも私たち夫婦のように老人となり、愉しかった昔の数限りない思い出の中で三途の川を渡る日の近づくときを待ちながら生きておられるやもしれない。


思い出のなかの一つに「ロータリークラブ」で組織された、米国やその他諸国の高校生の留学を一年間助ける会員を募るというものがあり、引き受けた家族は一人三ヶ月地元の高校に学ばせて部屋を与え食事を与えたりして寄宿させ、次の番にあたる他家に送るという組織で、一年間に四軒の家で勉学せよとの約束だった。

我が家に初めて来たのは、祖父母が九州出身で、父母が懸命に稼ぎ、器の輸出に成功し広い土地に邸宅を築き、プールもあると言う女の子で、ブラジル出身なのに日本語も巧みで、我が家と親しい「堀越学園」の高校生となり、一日も学校を休まず予習復習も行う、良い娘だった。彼女は勉強がよくできる子で「堀越の同級生らはあまり勉強ができないのね」と私に告げた。

ブラジルから電話がかかったが、私どもの知らない「ポルトガル語」で話していた。

瞬く間に三ヶ月が過ぎ去り、次の指定された家に移居したが、彼女の去った八畳間は、綺麗に片付いていた。

それから数十年の間に、さらに二人のアメリカ人留学生を受け入れた。

三階建てを建築

十年が一束になり過ぎ去ると昔の吾はおもはざりけり　「墓碑名」

月日の流れは矢の如く去り、未だ安価だった頃に購入した八十坪の土地に、三菱地所に依頼して三階建ての家を建築した。

同じころ、私が買い物をして店を出たところで転倒し、救急車で病院に運ばれた。腰椎すべり症と診断され、入院することとなってしまった。

建築費にあてるため八十坪のうち、二十五坪を建物付きで売却し、残りの五十五坪に建てた家は立派な出来映えで、引っ越し日と私の退院日が重なり、退院を三日後に遅らせて、楽しみに待った。

引っ越しの荷物は多すぎて、娘達はさぞがし大変だっただろうと案じつつ、退院の日に新築のわが家に戻り、一番奥の個室のベッドに横たわると、止めどない嬉しさと家族らへの感謝の思いで涙を流した。

夫は元気な娘たちと一緒に喜んでくれたが、ある日、私が夫の部屋の廊下を通りがかると、夫が電話中にドスンと尻餅をつき、動けなくなった。家族らが驚き、車椅子に乗せたが、大きな体はどうにもならず、救急車を呼び、病院に運ばれ、手術後一ヶ月すると他のリハビリ施設に転院、車椅子生活になり、計三ヶ月の入院ののち、やっと新築の自宅に戻った。その後は週二回の入浴とリハビリに現在までお世話になっている。

寝室から車椅子に乗りリビングの食卓までは、自己の意志で上手に車椅子を漕ぎ、廊下を歩いていて、他にどこも悪くないので、本をたくさん積み、小さな活字も読める様子でホッと見守っている。私も退院後は一人で入浴できるのが、何よりの愉しみである。

一階は夫と私で二階は長女と末の孫娘、三階は結婚した長女の子の孫娘と婿が住んでいる。家族六人は、つかず離れずの平穏な日々を送っている。

結婚した上の孫は、英語が得意で中学からエスカレーター式の学校だったが、一人で留学を決めた。当時は、米国の治安が悪かったので、英語圏の治安の良いシンガポールなら安全であろうということになり、手続きを自分で行い、単身でシンガポールのインターナショナルスクールに留学した。その後は、オーストラリアのパースの大学に進学し、卒業を果たした。

留学当時は英語漬けの毎日でとても勉強が忙しかったらしいが、大変さを克服しついにやり遂げた感心な娘だった。パースの大学には日本人がほとんどおらず、友人ら四人で一軒家を借り、英語も流暢に話せるようになり、めでたく卒業した。

帰国後は長期にわたり英会話の講師として、多忙な毎日を送っている。もちろん、母を助ける買い物や私たちのお風呂掃除や食事や薬の管理などを行ってくれている。孫娘の婿は、美男で明朗な人で実家の祖母の介護を献身的にしている。

娘は結婚した三階の長女の生活を尊重し干渉せず、一、二階の朝夕の食事や掃除、洗濯、買い物などをしてくれ、多忙な毎日を送っている。

彼女は女子学院から日芸に学び、バブル時代は高給取りになり、現在は老父母のために家事全般を取り仕切り、申し分のない主婦として毎日多忙で家中の総てに自分の時間をさき、私の長男夫婦には何の世話にもならず、明るい日常を家族らのために精一杯尽くしてくれている。親孝行の見本のような娘だ。

現在、夫は日中はほとんどベッドで過ごし、夜はテレビなどを楽しんだり読書したりで幸せそうだ。私は、毎日四、五時間ペンを走らせ、四月十六日の卒寿一年目に脱稿了をする予定だったが大分遅れてしまった。

末孫娘は、会社に勤務し、家事の手伝いの他、私の白髪のカットなどもしてくれていて、娘と二人の孫に毎日感謝し、九十四歳になった私の夫と私の頼りになってくれている。

大学入学と卒業論文「蜻蛉日記」

昭和三十年、三十歳に達した私は、夫の承諾を得て念願の駒沢大学文学部国文学科に入学した。級友は、五十名足らずの一クラスで大方は地方の寺の長男で、女子は私も入れてわずか六名で、私より一回り年下の弟妹のような存在だった。

私は二児の母親で、夫は会計事務所を開業し多忙な日々を送っていた。私のわがままを許してくれた夫の寛大な心情に深く感謝し、通学を果たした。級友らは、三十歳の私に少々違和感を覚えたらしいが、程もなく自然に親しくなり、がやがやと、低音で話し合っている仲間や親しく接してくれる女友達とも仲良くなった。

最初の一年間の授業表を見たら、一般教養等、私の目的に反する授業が多く、私は毎日出席することもないと思い、欠席した。もちろん、国文学に関する授業のある日は、一日も欠かさず出席し、満足して帰宅した。

文学の講義は、古代から平安、中世、近世、近代、現代と分別されていた。さらにゼミナールが各時代に分けられ、各自の好むゼミに入会できるので、私は迷わず平安時代に申し込み、この会には必ず出席すると心に誓った。

ゼミの人数は様々で、なぜか平安時代は希望者が少なく、中世などに多く所属していた。入会した当初、ゼミの教師から「いつまで続くやら」と皮肉めいた言葉をかけられたが、私はひるむ事なく「必ず卒論を書きあげます」と確かな言葉で応酬した。

そして約束した以上は、何が何でも良い卒論を書かねば、と自分自身に誓い、一日も欠かさずゼミに出席した。もちろん、時間の余った日は神田の古書店などで参考書を探し歩き廻った結果、幸いにも分厚い古書二冊と参考になる中位の三冊を手に入れ嬉しかった。

かくて卒業前の夏休みに、自宅二階の八畳間の大きなテーブルの上に参考書と原稿用紙などを準備して、一日中書きまくり、論文を完成させた。四年間の努力が実ったことで、私は夫に感謝した。

ゼミの教授は、入会した当時の私に「いつまで続くやら」とおっしゃったが、必ず出席し、時折質問などをして熱心に学んでいる私に「君は二児と夫のある身でありながら、本気で学んでいるので感心した。卒論を選ぶなら、難解な文体の日記だが、貴女に最も応わしい「道綱の母」の「蜻蛉日記」に取り組んではいかがか」と勧めて下さった。この日記は、長男道綱の父「藤原兼家」の最初の妻として二十年間生活を共にした、貞淑な信仰心の厚い女性が書いた日記であると納得し、今から取り組んでみますと申し上げ、好奇心が沸き上がった。

その後は、神田の古書店で購入した参考書を常に自分の机上に広げ、難解な文章に挑む日々が続いた。

ある夏の夜に、夫兼家が全く訪れなくなったことを憂い、恨み辛みが爆発し、耐え難くなり、作者は

三十日《みそか》三十夜《みそよ》は吾が許に

と熱愛が渦を巻き、夜半使いの小者を呼び、兼家の行方を探らせた結果、夫は「町の小路」のおぞましい女の家にいたことが判明した。

当時は、一夫多妻という、男にとっては誠に好都合な世界だった。日記は、三巻になっていて、天暦八年兼家が二十六歳の頃、彼女を見そめ道綱を出産させ、天延二年彼が四十六歳に至るまでの二十一年間に及ぶ日記であった。

平安時代の結婚は、夫が妻の家に通う「通い婚」で、一旦夫に愛を許した後、その愛の衰えを憂える宿命であった。当時は権門出の妻に愛が集まり、勢力の出ではない妻は、夫の離れゆくのを悲しんだ。権勢のある兼家には、多くの妻があり、仲正の女の腹には道隆、道兼、道長らの子を得て特別の権勢があったが、身分の違う倫寧の娘「蜻蛉日記」の著者は、道綱があるのみで勢力もなく、寂寥と憂愁のみの生活をかこち、鳴滝にこもり、容易に帰宅しなかったので、兼家や道綱に勧められ帰宅したが、寂しい生活となった。

その妻としての寂寥の日々を披露したのが「蜻蛉日記」である。彼女は、貞淑で慎ましやかな仏教の信者であったという。それに比べて、現代の女性たちの自由な生き方は誠に幸せである。

「蜻蛉日記」の作者は、歌が上手で当時の三美人の一人と噂されていた。

「女人短歌会」のこと

昭和三十年頃、私は念願の大学入学と同時に、「女人短歌会」に入会した。二児の母でありながら、思い切った決断で、夫は心の広い理解者として「最後まで続けるならやってみなさい」と許可してくれた。

昭和二十四年に女流歌人のみの季刊誌として発行された「女人短歌」は、戦後、結社のさきがけとして、全国的な短歌愛好者を集めた会であった。その後は男性歌人の主催する数多の結社も続々増加し、歌壇に新風が巻き起こった。

「女人短歌」は戦前から名のある数名の実力者たちによる発刊で年四回の刊行を果たした。私の目的は女学生の頃から憧憬していた作歌と、日本の古典文学を学ぶことだったので、二人の子持ちとなっても諦めきれず夫にお願いし、許されたことを私は終生忘れない。結果的にある程度の成果は上がったが、才能のない私には精一杯の試みだった。「女人短歌」では最も若く、大学では年長者で二児の母というアンバランスながら、「源氏物語」他の女流の随筆などに魅せられ、短歌は石川啄木の『一握の砂』などに興味を持ち、将来は自分も歌人になり、大学で古典を学び、主婦で終わるには口惜しいと思う幼稚な考えではあったが、何かに突き動かされるような強い気持ちを持っていた。

夫と結婚し、寺から逃げ出したいと話し合い、上京も果たした。

夫も進取の気性が強く、赤坂の豊川稲荷で修業し、専修大学予科から学部へと進み、その後会計事務所を長年続け、多くの先輩に愛され、事務員たちを立派に社会に送り出し、数十年間の功績は、数え切れない彼の努力とおおらかな気質が周囲の人々に人格者として認められ、親しまれて長い長い道のりを越え成功を収めた。

もちろん多忙を極めていたあの頃はいくつかの病魔に襲われ入退院をしたが、次から次へと弟子達を会計士へと送り出し、終の棲み家となった三階建てに移りほっとしたところで、電話中に転び三ヶ月の入院生活を経て退院した。現在も週に二回ずつ入浴とリハビリのお世話になっている。ただ、どこも悪いところはなく、毎日ぬりえの美人画などを愉しみ、長女の心のこもった食事を私とともに、いただいている。

私は、十数冊の歌集、歌論集のほか、歌会の講師を続け、最後まで「女人短歌」の編集委員も行った。

あとがき

卒寿の日から一年後の予定が、大幅に遅れてどうやら完成しました。過去五十数年は、歌人として歌集十数冊、ほかに評論集三冊、歌書以外にも多くの結社に依頼されて歌を詠み、殊に「女人短歌」は四十数年間所属し、編集委員として会のために尽くしました。昭和二十四年から平成八年となり、この『卒寿のつぶやき』が最後の本となりました。多くの戦時体験で生き永らえた人たちに喜んでいただけたらと存じます。

又、若い人達にも是非読んでいただけたら幸せです。

平成二十八年六月吉日

樋口美世

著者略歴

樋口美世（ひぐち・みよ）

一九二五年四月一六日、茨城県上妻村（現・下妻市）生まれ。駒沢大学文学部国文学科卒。一九五六（昭31）年、「女人短歌会」に入会。編集委員として、九七年の終刊まで活動。六五年、「地中海」に入会。第一歌集『形』（64・3　新星書房）をはじめ、『翼が欲しき』、『白昼』、『零《こぼ》るる刻《とき》』、『走者われ』（85・10　短歌新聞社）、『神には遠し』、『紅梅抄』、『蘇生』（96・5　短歌新聞社）等の歌集の他、評論集『時代の中の女歌』、『相聞歌より挽歌へ』、合著『女歌人小論』等がある。

卒寿のつぶやき

二〇一六年九月二八日初版発行

著　者　樋口美世
発行者　田村雅之
発行所　砂子屋書房
東京都千代田区内神田三―四―七（〒一〇一―〇〇四七）
電話　〇三―三二五六―四七〇八　振替　〇〇一三〇―二―九七六三一
URL　http://www.sunagoya.com

組　版　はあどわあく
印　刷　長野印刷商工株式会社
製　本　渋谷文泉閣